cahier jour soir

11-12 ans

6e

Allemand

Auteure
Christine Mulliez
Professeure d'Allemand au collège

Magnard

Présentation

Un cahier pour réussir

- **Ce cahier d'Allemand, destiné aux élèves de 6e, est conforme aux derniers programmes.**

Il reprend toutes les notions et couvre tous les domaines :
– Vocabulaire et civilisation
– Grammaire

- **La rubrique « J'observe et je retiens »** propose toutes les **règles** accompagnées d'**exemples,** avec des **astuces** pour tout comprendre.

- **La rubrique « Je m'entraîne »** propose des **exercices progressifs** pour réinvestir les acquisitions. Ils sont classés par niveau de difficulté (de ★ à ★★★).

- À la fin de chaque page, l'enfant est invité à **s'auto-évaluer.**

→ Les corrigés détachables sont situés au centre du cahier.

Des mémos visuels

Des schémas et cartes mentales sur les rabats avec l'essentiel à retenir,
pour une mémorisation visuelle efficace !

Le vocabulaire en audio

Le vocabulaire en audio, à écouter pour connaître la bonne prononciation et s'entraîner, accessible grâce au QR code présent sur les leçons ou sur lienmini.fr/7378-01

Illustration de couverture : Anne Guillard – **Illustrations intérieures :** Laurent Audouin – **Illustrations des mémos visuels :** Aurélie Verdon
Conception graphique : Yannick Le Bourg

Sommaire

VOCABULAIRE ET CIVILISATION

GRAMMAIRE

ANNEXES

Corrigés détachables au centre du cahier

1 La famille
Familie

→ Corrigés p. I

Vocabulaire à écouter

J'observe et je retiens

Hallo! Ich heiße ... Ich bin ...

Ich beschreibe meine Familie/meine Verwandten. → ***Je décris ma famille.***

- Wie heißt du? → *Comment t'appelles-tu ?*
- Wie alt bist du? → *Quel âge as-tu ?*
- Wo wohnst du? → *Où habites-tu ?*
- Was macht dein Vater? → *Que fait ton père ?*
- Was macht deine Mutter? → *Que fait ta mère ?*

- Ich heiße ... → *Je m'appelle ...*
- Ich bin ... (*nombre*) → *J'ai ... (nombre) ans.*
- Ich wohne in ... → *J'habite à ...*
- Er ist ... (*métier*) + nominatif → *Il est ...*
- Sie ist Hausfrau. → *Elle est mère au foyer.*

Je m'entraîne

1 ★ Tu joues au jeu des sept familles. Tu as déjà la famille « Boulanger ». Indique au bas de chaque carte la personne représentée.

....

2 ★★ Observe l'arbre généalogique de la famille de Tobias. Aide-toi des prénoms pour compléter le texte à trous par les liens de parenté.

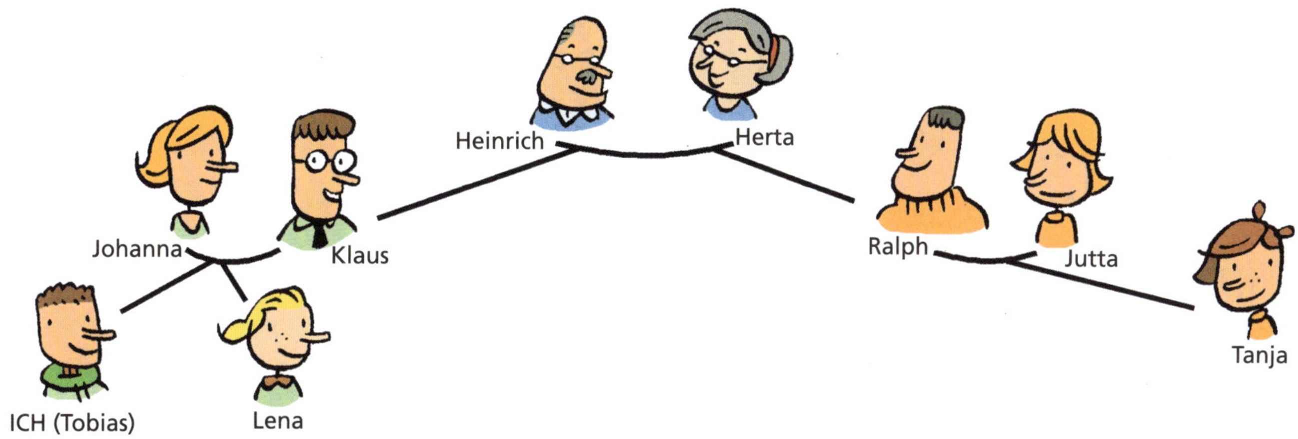

Meine .... heißen Heinrich und Herta. Sie haben zwei Kinder: einen .... (er heißt Ralph) und eine .... (sie heißt Johanna). Johannas .... heißt Klaus. Jutta ist Ralphs .... Tanja ist meine .... Meine .... Lena ist 10; aber ich bin 12.

3 ★★★ Mets-toi à la place de Sarah et présente-toi sous forme de phrases. La fiche te donne des informations sur elle et sa famille.

Sarah Hirt
12
Heidelberg
Eltern:
– Thomas: Schulleiter
– Karin: Hausfrau
Geschwister:
– Lisa (16)
– Klaus (5)

Indique ton nom : Hallo! Ich ....

Indique ton âge : Ich ....

Indique où tu habites : Ich ....

Indique le nom de ton papa : Mein ....

Indique le métier de ton papa : Er ....

Indique le nom de ta maman : Meine ....

Indique le nom de ton frère : Mein ....

Indique l'âge de ton frère : Er ....

Indique le nom de ta sœur : Meine ....

Indique l'âge de ta sœur : Sie ....

Auto évaluation Très bien ☐ Bien ☐ Pas assez bien ☐

2 Les fêtes

Feiern

→ Corrigés p. I

J'observe et je retiens

Vocabulaire à écouter

Der Monat (-e)/das Jahr (-e) = 12 Monate

Januar	Februar	März	April	Mai	Juni
1. Neujahr **22.** Elysee-Vertrag	Skiurlaub	Karneval (Fasching)	Ostern	Annas Party	Abschlußfeier
Juli	**August**	**September**	**Oktober**	**November**	**Dezember**
Sommerferien	Evas Hochzeit	Oktoberfest in München	**3.** National-feiertag	**11.** Martinstag	**6.** Nikolaus **24.** Heiligabend **25.** Weihnachten

Der Geburtstag/das Geburtstagsfest/meine Geburtstagsparty

1. das Geschenk/das Geburtstagsgeschenk
2. die Kerze
3. singen
4. die Party
5. tanzen
6. die Torte/die Geburtstagstorte

Wann hast du Geburtstag?
Im April habe ich Geburtstag.

Was möchtest du zum Geburtstag?
Ich möchte eine CD, ein Handy, ein Buch, Taschengeld, Kleider.

Weihnachten/das Weihnachtsfest

1. der Stern
2. der Weihnachtsbaum
3. den Weihnachtsbaum schmücken
4. Weihnachtslieder singen
5. der Adventskalender
6. der Adventskranz
7. die Weihnachtsgeschenke
8. die Krippe

Was bekommst du zu Weihnachten? → *Qu'est-ce que tu vas recevoir à Noël ?*

Wir schreiben eine Karte

Herzlichen Glückwunsch zum Geburtstag!

Alles Gute zum Geburtstag.

Fröhliche Weihnachten und ein gutes neues Jahr.

Ich wünsche dir ein frohes Weihnachtsfest.

Einen guten Rutsch ins neue Jahr.

Frohe Ostern.

Je m'entraîne

1 ★ À quel mois correspond chaque date de naissance ?

Er hat ...

1. Philipp: 28-9-1972

im ....

2. Mark: 17-11-1995

im ....

3. Lukas: 7-06-2001

im ....

4. Oliver: 14-2-1984

im ....

5. Fabian: 21-8-1992

im ....

6. Patrick: 1-12-2003

im ....

... Geburtstag.

2 ★★ Remets les fêtes dans l'ordre chronologique en les numérotant de 1 à 7.

Ostern ....

Karneval ....

Neujahr ....

Martinstag ....

Weihnachten ....

Deutscher Nationalfeiertag ....

Oktoberfest ....

3 ★★★ Tu téléphones à Oliver en Allemagne : que dis-tu pour ...

1. le remercier du cadeau qu'il t'a envoyé ?

....

2. lui demander ce qu'il va avoir à Noël ?

....

3. lui demander quand est son anniversaire ?

....

4. lui souhaiter un joyeux Noël ?

....

5. lui souhaiter une bonne année ?

....

4 ★★ C'est Noël. Peux-tu deviner ce que chacun va recevoir en organisant les lettres contenues dans les cadeaux ?

Papa bekommt ein

....

Mama bekommt

....

Ich bekomme einen

....

Mein Bruder bekommt

....

5 ★★★ Lis le mail de Leon et souligne tous les éléments qui indiquent qu'il écrit à l'occasion des fêtes de fin d'année.

Hi Paul! Wie geht's? Ich habe endlich Ferien für zwei Wochen. Ich bleibe zu Hause und wir feiern Weihnachten mit der ganzen Familie. Morgen kaufen wir den Weihnachtsbaum und ich schmücke ihn erst am 24. Und du? Fährst du zu deinen Großeltern oder bleibst du in Lille?

Ich wünsche dir und deiner ganzen Familie ein frohes Weihnachtsfest und ein gutes neues Jahr! Ich melde mich bald! L. G.

Leon

3 L'habitation

Wohnen

→ Corrigés p. I

J'observe et je retiens

Vocabulaire à écouter

Wo wohnst du? In einem Haus? Auf dem Land? In einem Dorf?

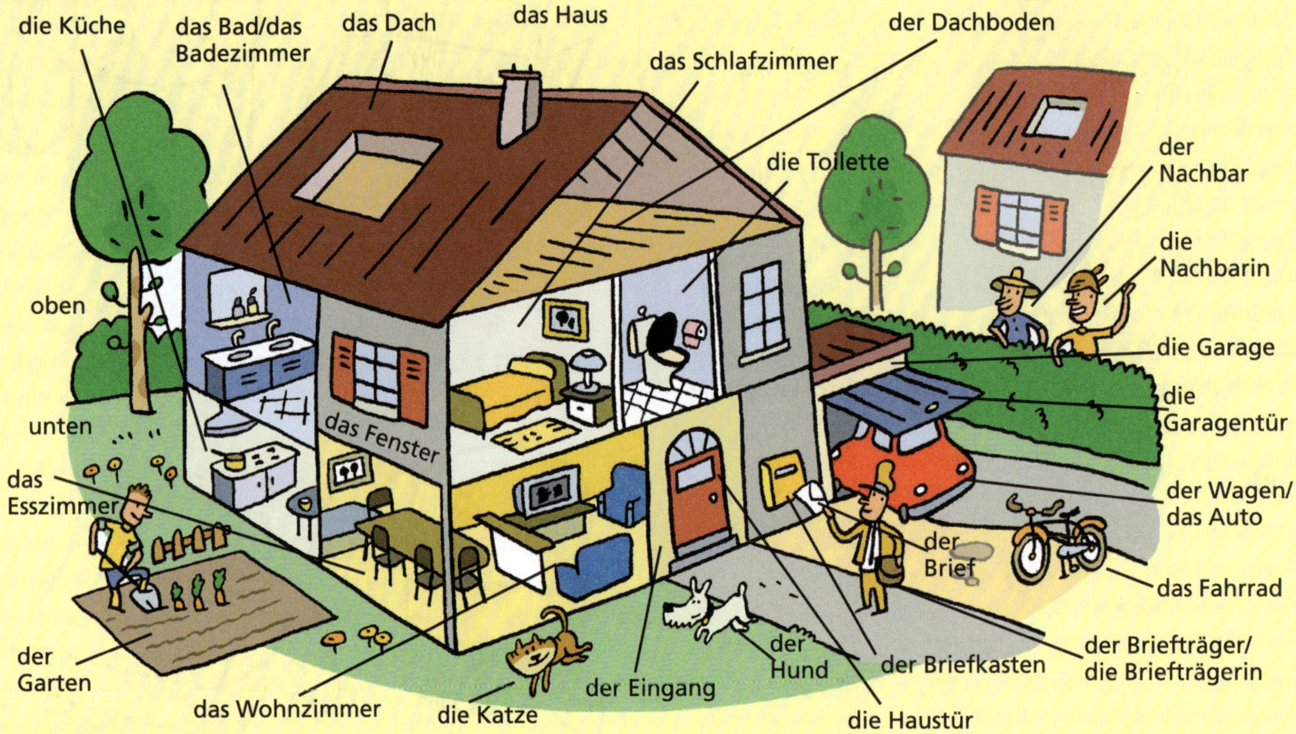

Oder in einer Wohnung? In der Stadt?

Mein Schlafzimmer

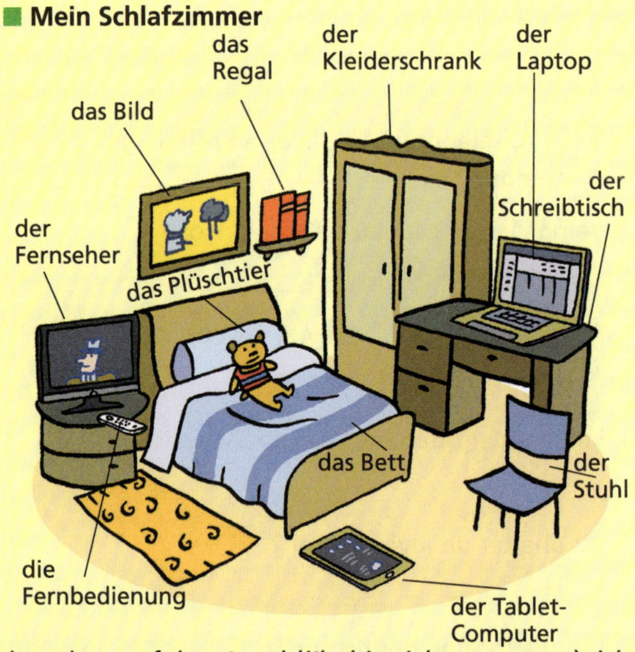

- Le **locatif** : Ich wohne in der Stadt (*j'habite en ville*), ich wohne auf dem Land (*j'habite à la campagne*), ich wohne in einem Haus (*j'habite dans une maison*), ich wohne in einer Wohnung (*j'habite en appartement*), ich bin zu Hause (*je suis à la maison*), ich bin bei Oma (*je suis chez Mamie*).
- Le **directif** : Ich gehe nach Hause (*je rentre à la maison*), ich gehe zu meinen Großeltern (*je vais chez mes grands-parents*).

Attention
Fais la différence entre le **locatif** et le **directif** !

Je m'entraîne

1 ★ Forme quatre mots composés avec *Zimmer*.

2 ★★ Où est caché chaque objet ? Ajoute les voyelles à chaque mot et tu auras la solution.

1. Wo ist mein Kugelschreiber? Schau mal in den Br _ _ fk _ st _ n!
2. Wo ist mein Handy? Ach! Es ist ja auf dem D _ chb _ d _ n.
3. Wo ist mein Portemonnaie? Vielleicht im K _ ll _ r?
4. Wo ist meine Fernbedienung? Ach ja! Sie ist in der K _ ch _ .
5. Wo ist meine Brille? Oh je! Sie ist bei den N _ chb _ rn.
6. Wo sind denn meine Schlüssel? Ach! Sie sind ja im G _ rt _ n.
7. Wo ist mein Plüschtier? Guck mal unter deinen Kl _ _ d _ rschr _ nk.

3 ★★ Complète les phrases à l'aide de l'un des mots proposés : *Küche* – *Hund* – *Katze* – *Stock* – *Garage* – *Garten* – *Dorf* – *Stadt*.

1. Papa, wo bist du? In der .... oder draußen im .... ?
2. Karin! Komm schnell in die .... Wir essen gleich.
3. Ich wohne im zweiten ...., und du?
4. Wo lebst du? In einem .... auf dem Land oder in einer .... ?
5. Hast du auch Haustiere? Wir haben einen .... und eine ....

4 ★★★ Où est le portable de Sonja ? Complète la grille. Une seule pièce n'est pas citée. Laquelle ?

Das Handy ist also in der ....

5 ★★★ Lis le texte suivant et collecte les informations données par cette élève allemande. Souligne en rouge les informations sur sa situation familiale, en bleu celles sur le lieu où elle habite, en vert celles sur ses passe-temps et en noir celles sur sa ville et son collège.

„Hallo! Ich bin Lea und ich wohne mit meiner Mutter inTrier. Da ist ja meine Schule! Wir wohnen im dritten Stock und wir haben einen Balkon. Meine Wohnung ist nicht sehr groß, aber sie ist sehr praktisch und modern. In meinem Schlafzimmer habe ich einen Computer und ich kann mit meinen Freunden chatten.

Mein Vater wohnt auf dem Land und er hat einen großen Garten. Am Samstag und am Sonntag bin ich oft bei meinem Papi und ich spiele mit meinem Hund. Der ist so süß!"

Auto évaluation — Très bien ☐ Bien ☐ Pas assez bien ☐

4 La nourriture

Essen und trinken

→ Corrigés p.I

Vocabulaire à écouter

J'observe et je retiens

■ **Das Frühstück/frühstücken**

❶ der Kühlschrank ❷ der Toaster ❸ die Mikrowelle ❹ der Herd ❺ das Spülbecken ❻ die Tasse ❼ das Glas ❽ der Kaffee ❾ der Schwarztee ❿ die Flasche Orangensaft ⓫ der Orangensaft ⓬ der Kakao ⓭ die Milch ⓮ das Brot ⓯ eine Scheibe Brot ⓰ das Brötchen ⓱ die Butter ⓲ die Marmelade ⓳ der Honig ⓴ das Ei ㉑ die Kaffeemaschine

Was trinkst du zum Frühstück? → *Que bois-tu au petit déjeuner ?* Ich trinke Tee/Kakao/Milch/Kaffee.

Was isst du zum Frühstück? → *Que manges-tu au petit déjeuner ?* Ich esse Brot. → *Je mange du pain.*

Meine Lieblingsspeise ist Kartoffelgratin. → *Mon plat préféré est le gratin de pommes de terre.*

■ **Das Mittagessen**

Heute empfehlen wir...

- **Hauptgericht:**

Fleisch mit Gemüse

Kartoffelpüree und Wienerwürstchen

- **Nachspeise:**

Fruchttorte

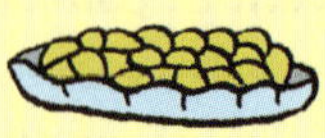

Pudding
Eis

- **Getränke:**

Bier

Mineralwasser

Apfelsaft

■ **Das Abendbrot/das Abendessen**

❶ die Flasche Wein ❷ das Bier ❸ der Krug ❹ der Löffel ❺ die Gabel ❻ der Teller ❼ der Suppenteller ❽ die Suppe ❾ der Käse ❿ das Messer ⓫ die Wurst/die Salami ⓬ das Obst

■ **Comment s'exprimer à table ?**

Guten Appetit! → *Bon appétit !* Hast du Hunger? → *As-tu faim ?* Hast du Durst? → *As-tu soif ?*

Bist du satt? Möchtest du noch etwas? → *Tu n'as plus faim ? Désires-tu encore quelque chose ?*

Magst du Obst/Gemüse/Milch/Fleisch? → *Aimes-tu les fruits/les légumes/le lait/la viande ?*

Ich mag Schokolade wahnsinnig gern. → *Je raffole du chocolat.*

Ich esse sehr gern Pizza/Pommes/Hamburger. → *J'aime beaucoup les pizzas/les frites/les hamburgers.*

Es schmeckt (sehr) gut. → *C'est (très) bon (au goût).*
die Vorspeise → *l'entrée*

die Hauptspeise/das Hauptgericht → *le plat principal*
die Nachspeise/der Nachtisch → *le dessert*

Je m'entraîne

1 ★ Classe les aliments suivants dans la catégorie qui convient : *Apfelsaft* – *Fleisch* – *Käse* – *Wasser* – *Gemüse* – *Eier* – *Tee*.

Ich trinke gern ....

....

....

....

Ich esse gern ....

....

....

....

2 ★ Miriam a préparé la table du petit déjeuner. Entoure dans la liste ce qui a été oublié.

das Obst	das Brot
die Gläser	die Teller
der Orangensaft	der Kaffee
die Tassen	die Löffel
der Tee	der Honig
die Butter	die Wurst
die Marmelade	die Messer

3 ★★ Dis ce que chacun aime manger.

Was mögen sie alle?

1. Marlen?

Ich ....

2. Julia?

Ich ....

3. Sonja?

Ich ....

4. Emma?

Ich ....

5. Wolfgang?

Ich ....

6. Ben?

Ich ....

4 ★★★ Demande à Lukas :

1. s'il a faim.

....

2. s'il aime les légumes.

....

3. s'il désire encore une tranche de pain.

....

4. s'il désire encore quelque chose/s'il n'a plus faim.

....

5. de t'apporter une assiette.

....

6. ce qu'il prend comme boisson au petit-déjeuner.

....

7. quel est son plat préféré.

....

Auto évaluation — Très bien ☐ Bien ☐ Pas assez bien ☐

5 Les vêtements et les couleurs

Kleidung und Farben

→ Corrigés p.II

J'observe et je retiens

Vocabulaire à écouter

■ **Das Geschäft/das Modegeschäft**

1. der Pulli
2. der Mantel
3. der Rock
4. das Hemd
5. die Jacke
6. das Kleid
7. das T-Shirt
8. der Anzug
9. die Krawatte
10. das Blouson
11. der Schuh (-e)
12. der Stiefel (-)
13. die Socke (-n)
14. die Jeans
15. der Hut
16. die Mütze

■ **Die Farbe**

Sarahs Kleid ist rot.
Ihre Schuhe sind grün.
Sie ist sehr schick!

Leonie hat eine blaue Hose.
und ein weißes T-Shirt.
Sie hat lila Socken.

Pauls Anzug ist schwarz.
Sein Hut ist grau.
Sein Hemd ist gelb.

Was hast du lieber? → *Que préfères-tu ?*
Orange oder rosa? → *L'orange ou le rose ?*
Was ist deine Lieblingsfarbe? → *Quelle est ta couleur préférée ?*
Meine Lieblingsfarbe ist ...

> **Remarque**
> L'adjectif épithète ne reste pas invariable !

■ **Comment s'exprimer à propos des vêtements ?**

Wie findest du meine Jeans? → *Comment trouves-tu mon jean ?*
Er/sie/es steht dir gut. → *Cela te va bien.* / Es steht dir gar nicht! → *Cela ne te va pas du tout !*
Die Farbe gefällt mir nicht. → *La couleur ne me plaît pas.*
Er/sie/es gefällt mir/Es gefällt mir nicht. → *Cela me plaît/ne me plaît pas.*
Magst du das Kleid? → *Aimes-tu la robe ?*
Was hast du an? → *Qu'est ce que tu portes ?*
Darf ich es anprobieren? → *Puis-je essayer ?* / Ja, probieren Sie es an! → *Oui, essayez !*
Was kostet der Mantel? → *Combien coûte le manteau ?*
Er/sie/es ist billig/Es ist teuer. → *C'est bon marché/C'est cher.*
Wo ist die Umkleidekabine? → *Où est la cabine d'essayage ?*
Welche Größe brauchen Sie? → *Quelle taille faites-vous ?* / Ich trage 36. → *Je fais du 36.*

Je m'entraîne

1 ★ Écris le nom de chaque couleur de la palette.

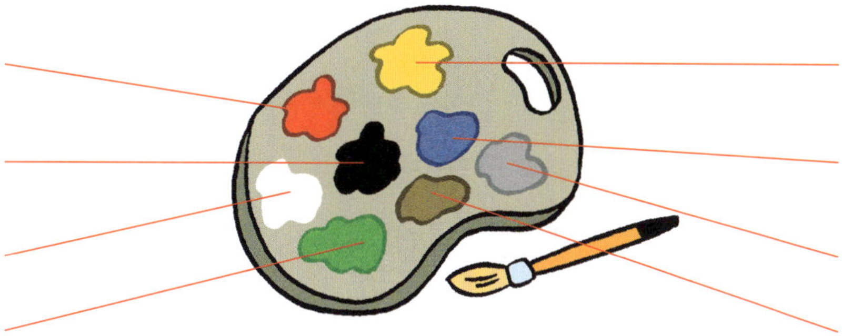

....

....

....

....

2 ★ Comment sont habillés les quatre jeunes ? Indique le nom des vêtements sous chaque vignette.

Was haben sie an?

eine grüne

....

und ein weißes

....

ein gelbes

....

und schwarze

....

einen schwarzen

....

und braune

....

einen lila

....

und ein weißes

....

3 ★★ Léonie part en vacances et a préparé ses bagages. Regarde le dessin et entoure dans sa liste ce qu'elle a oublié.

Auf der Liste steht:

– ein gelbes T-Shirt
– 2 rote T-Shirts
– ein schwarzer Rock
– ein schwarzer Pulli
– braune Schuhe
– 3 weiße T-Shirts
– ein grüner Rock
– ein braunes Blouson
– schwarze Schuhe
– eine blaue Jacke

4 ★★★ Remets les phrases dans l'ordre en les numérotant ; tu obtiendras alors un dialogue dans un magasin.

	1. Ich trage 38.
	2. O.K. Ich kaufe ihn. Auf Wiedersehen!
	3. Guten Tag! Ich suche einen schwarzen Pulli.
	4. Was kostet der Pulli?
	5. Bitte sehr! Probieren Sie ihn an! Er steht Ihnen sehr gut!
	6. Gut. Das habe ich natürlich! Welche Größe?
	7. Er ist nicht teuer! 25 Euro!

6 Les achats
Einkaufen

→ Corrigés p.II

Vocabulaire à écouter

J'observe et je retiens

■ **Ich gehe einkaufen/Ich gehe in die Stadt**

In der Stadt

❶ die Bäckerei/der Bäcker ❷ die Metzgerei/der Metzger ❸ der Gemüse- und Obstladen ❹ das Kaufhaus ❺ der Drogeriemarkt ❻ das Schreibwarengeschäft ❼ der Tabakladen ❽ das Modegeschäft ❾ die Apotheke/der Apotheker ❿ die Post/der Postbeamte ⓫ das Schuhgeschäft ⓬ die Buchhandlung ⓭ die Konditorei ⓮ die Bank ⓯ der Geldautomat ⓰ das Blumengeschäft/der Blumenladen ⓱ die Fußgängerzone ⓲ das Lebensmittelgeschäft

In der Apotheke

■ **Ce que tu dis ou entends dans un magasin**

der Verkäufer → *le vendeur*
die Verkäuferin → *la vendeuse*
Kann ich Ihnen helfen? → *Puis-je vous aider ?*
Wer ist dran? → *À qui le tour ?*
Was möchten Sie? → *Que désirez-vous ?*
Wie viel möchten Sie? → *Quelle quantité désirez-vous ?*

Es kostet 2 Euro! → *Cela coûte 2 euros !*

Können Sie mir bitte helfen? → *Pouvez-vous m'aider s'il vous plaît ?*

der Kunde → *le client*
die Kundin → *la cliente*
Haben Sie …+ (acc.) → *Avez-vous …*
Haben Sie noch …→ *Avez-vous encore …*
Ich bin dran! → *C'est à moi !*
Wo ist bitte?/Wo finde ich bitte + (acc.)? → *Où puis-je trouver … ?*
Ich möchte + (acc.)/Ich suche + (acc.) → *Je désire, je cherche …*
Was kostet …? → *Combien coûte … ?*
Es ist billig/teuer. → *C'est bon marché/cher.*

Je m'entraîne

1 ★ Remets les lettres dans l'ordre pour identifier le nom du magasin.

1. EULBMN → ....
2. EDMO → ....
3. ISHEBCWERANR → ....
4. MTTILESNEBLE → ....
5. CHUSH → ....

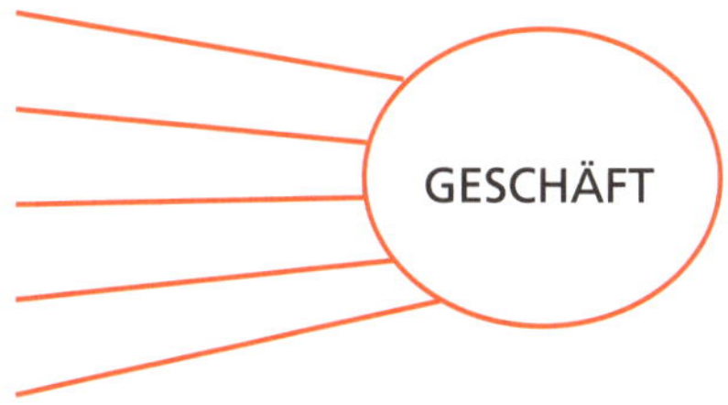

2 ★★ Lina a fait ses courses ; regarde ce qu'elle a acheté et reporte dans la grille le nom des magasins où elle est allée.

3 ★★ Relie la question à la réponse.

1. Wie viel Äpfel möchten Sie? •
2. Was kostet der Pulli? •
3. Haben Sie noch Schwarzbrot? •
4. Haben Sie Hausschuhe? •
5. Welche Größe haben Sie? •
6. Kann Ich Ihnen helfen? •
7. Können Sie mir bitte helfen? •
8. Wo finde ich bitte Schulbücher? •

• a. Nein! Das finden Sie im Kaufhaus.
• b. 38-Small.
• c. 1 Kilo, bitte!
• d. Ja, gern! Ich suche ein deutsches Lexikon.
• e. 32 Euro.
• f. Nein, nur Weißbrot.
• g. Sie sind im ersten Stock.
• h. Ja, gerne. Was möchten Sie denn?

4 ★★★ Tu es dans un grand magasin. Adresse-toi à la vendeuse pour lui demander :

1. si elle peut venir t'aider. ....
2. où tu peux trouver des gants *(Handschuhe)*. ....
3. combien cela coûte. ....
4. si elle a d'autres couleurs. ....
5. si elle a aussi des écharpes *(Schals)* ? ....

Auto évaluation — Très bien ☐ Bien ☐ Pas assez bien ☐

7 Les loisirs
Freizeit

→ Corrigés p.II

J'observe et je retiens

Vocabulaire à écouter

■ **Ben, was sind denn deine Hobbies?**

Ich **lese** und **höre** Musik. Ich **faulenze**!

Ich **sehe fern**.

Ich mache ein **Computerspiel**.

Ich **spiele Fußball**.

Ich **spiele Flöte**.

Ich **spiele Tennis.** Ich kann Tennis spielen.

Ich **laufe**. Ich **jogge**.

Ich **schwimme**.

■ **Und du Mia, was hast du für Hobbies?**

Ich **tanze.** Ich gehe in die Tanzstunde.

Ich **spiele Karten** oder **Schach**.

Ich **gehe** in die **Stadt.** Ich gehe **bummeln.** Ich gehe **einkaufen.**

Ich **treffe** meine **Freunde.** Ich **gehe ins Kino.**

Ich **spiele Klavier**.

Ich **fahre Rad**.

Ich **reite**.

Ich **fahre Inline-Skater**.

■ **Und du? Was machst du in deiner Freizeit? Hast du ein Hobby? Was magst du?**

- *Pour parler de mes activités :*

Ich spiele gern... → *J'aime jouer à/au...*
Mein Lieblingssport ist Tennis.
→ *Mon sport préféré est le tennis.*
Ich kann Tennis spielen.
→ *Je sais jouer au tennis.*
Ich spiele jeden Montag Tennis.
→ *Je joue tous les lundis au tennis.*

- *Pour demander à quelqu'un ce qu'il fait/aime faire :*

Was machst du in deiner Freizeit? → *Que fais-tu durant tes loisirs ?*
Treibst du Sport? → *Fais-tu/Pratiques-tu un sport ?*
Hast du einen Lieblingssport? → *As-tu un sport préféré ?*
Möchtest du Karten spielen? → *Désires-tu jouer aux cartes ?*
Spielst du gern Fußball? → *Aimes-tu le foot ?*
Lieber Volleyball. → *Je préfère le volley.*
Wie oft gehst du ins Kino? Gehst du oft ins Kino? → *Vas-tu souvent au cinéma ?*

Je m'entraîne

1 ★ Retrouve le prénom de chaque personne en fonction de son activité et écris-le sous le cadre.

1. .... 2. .... 3. .... 4. ....

a. Sarah: Ich mache gern Computerspiele.
b. Lena: Ich kann Klavier spielen.
c. Klara: Ich gehe so gern in die Stadt!
d. Leni: Ich höre oft Musik.

2 ★ Alexander a besoin de faire du sport. Entoure dans la liste ci-dessous les activités qui peuvent lui convenir.

Schach spielen — am Computer sitzen — schwimmen — lesen — Rad fahren — faulenzen — Fußball spielen — Inline-Skater fahren — Musik spielen — bummeln — reiten — joggen — fernsehen

3 ★★ Que t'évoque chaque illustration ? Complète la grille avec des mots se rapportant aux loisirs.

4 ★★★ Trouve la réponse à chaque question. Écris la lettre dans le tableau.

1. Hast du einen Lieblingssport?
2. Was machst du in deiner Freizeit?
3. Gehst du oft ins Kino?
4. Spielst du gern Karten?
5. Spielst du gern Handball?
6. Welchen Sport treibst du?
7. Kannst du Klavier spielen?
8. Was für Musik hörst du gern?

a. Ja, aber lieber Fußball.
b. Tennis und Schwimmen.
c. Ich mag klassische Musik.
d. Ja schon! Fast jeden Monat.
e. Ich habe nicht viel Freizeit. Aber ich lese gern.
f. Nein, ich spiele Trompete.
g. Ja, ich reite sehr gern.
h. Nein, ich mag nicht.

1.	2.	3.	4.	5.	6.	7.	8.

Auto évaluation — Très bien ☐ Bien ☐ Pas assez bien ☐

8 L'école
Schule

→ Corrigés p.II

J'observe et je retiens

Meine Schulsachen

1. die Schultasche
2. das Buch (¨-er)
3. das Heft (-e)
4. das Federmäppchen/das Etui
5. das Lineal
6. der Kugelschreiber (-)
7. der Bleistift (-e)
8. der Radiergummi
9. der Ordner
10. die Schere

Mein Stundenplan

Andreas Müller - Klasse 6 A

Zeit	Montag	Dienstag	Mittwoch	Donnerstag	Freitag	Samstag	Sonntag
Erste Stunde 7.45 8.30	Deutsch	Englisch	Französisch	Mathe	Geschichte	FREI	FEIERTAG
Zweite Stunde 8.35 9.20	Religion	Physik	Biologie	Erdkunde	Chemie		
Pause							
Dritte Stunde 9.30 10.15	Französisch	Deutsch	Deutsch	Englisch	Französisch		
Vierte Stunde 10.20 11.05	Geschichte	Deutsch	Englisch	Mathe	Musik		
Große Pause							
Fünfte Stunde 11.25 12.10	Mathe	Sport	Kunst	Informatik	Mathe		
Letzte Stunde 12.15 13.00		Sport	Kunst	Informatik			

Ich erzähle von der Schule → *Je parle de l'école*

die Schule → *l'école*
das Gymnasium → *le collège + lycée (classes 5 à 12/13)*
der Lehrer/die Lehrerin → *le professeur*
der Schüler/die Schülerin → *l'élève*
das Fach (¨-er) → *la matière*
die Stunde → *l'heure de cours*
der Unterricht(e) → *le cours*
die Pause → *la récréation*
Ich arbeite. → *Je travaille.*
Ich lerne. → *J'apprends.*
Ich frage. → *Je demande/pose une question.*
Ich antworte. → *Je réponds.*

Ich höre zu. → *J'écoute.*
Ich passe auf. → *Je fais attention.*
Wie heißt dein Deutschlehrer? → *Comment s'appelle ton professeur d'allemand ?*
Was ist dein Lieblingsfach? → *Quelle est ta matière préférée ?*
Wie viel Stunden hast du am Montag? → *Combien de cours (d'heures de cours) as-tu le lundi ?*
Hast du viele Hausaufgaben? → *As-tu beaucoup de devoirs ?*
Ich habe eine Frage, bitte! → *J'ai une question, SVP !*
Ich habe nicht verstanden. → *Je n'ai pas compris.*
Können Sie bitte wiederholen? → *Pouvez-vous répéter, SVP ?*
Ich habe eine 1; eine 2; eine 3 … → *J'ai (notes de 1 à 6/ou 1 à 5 : le 1 est la meilleure note).*

Je m'entraîne

1 ★ Voici la liste des fournitures scolaires de Luise ; ajoute les voyelles manquantes.

Luise braucht...
Einkaufsliste:

1. 2 _ rdn _ r
2. 1 L _ n _ _ l
3. 6 H _ ft _
4. 5 Bl _ _ st _ ft _
5. 1 R _ d _ _ rg _ mm _

2 ★★ Aide Elena à préparer son cartable pour le lundi :
quelles matières a-t-elle ce jour-là ? Retrouve-les dans la grille ci-après et reporte les réponses.

Am Montag hat sie ....,

............................., ...,

............................., ...,

....

3 ★★ Entoure les sept jours de la semaine cachés dans la grille (horizontalement ou verticalement).

V	A	B	D	V	S	A	M	S	T	A	G
K	M	K	I	M	U	S	I	K	W	O	R
O	S	U	E	W	F	I	T	M	E	D	E
D	O	N	N	E	R	S	T	A	G	E	A
I	N	S	S	R	E	P	W	T	E	U	O
E	N	T	T	B	I	O	O	H	B	T	U
S	T	W	A	I	T	R	C	E	E	S	I
E	A	A	G	S	A	T	H	A	L	C	M
R	G	S	E	N	G	L	I	S	C	H	R
M	O	N	T	A	G	P	A	U	L	V	T

4 ★★ Entoure toutes les langues étrangères proposées dans le lycée de Bettina parmi les matières énumérées ci-dessous.

Erdkunde – Religion – Englisch – Geschichte – Spanisch – Italienisch – Russisch – Mathe – Physik – Französisch – Chinesisch – Deutsch – Biologie – Kunst – Sport – Mathe – Chemie – Deutsch – Musik – Informatik – Portugiesisch – Schwedisch

5 ★★★ Choisis dans la liste le verbe qui convient pour compléter les phrases : *Erzähle* – *Lerne* – *Arbeite* – *Antworte*.

1. .... mit deinem Nachbarn !
2. .... von deinen Ferien !
3. .... deine Vokabeln !
4. .... bitte auf Deutsch !

6 ★★★ Demande à Karin...

1. comment s'appelle son professeur d'anglais.
→ ....
2. quelle est sa matière préférée.
→ ....
3. combien d'élèves apprennent le français.
→ ....
4. si elle a tout compris.
→ ....
5. si elle a beaucoup de devoirs.
→ ....
6. ce qu'elle a le mardi.
→ ....

7 ★★★ Que va te dire ton professeur dans les situations suivantes ? Relie les deux colonnes correspondantes.
Il te demande :

1. de t'asseoir. •	• a. "Hör gut zu!"
2. d'ouvrir le livre. •	• b. "Komm an die Tafel!"
3. d'écouter. •	• c. "Schreib ins Heft!"
4. de répéter. •	• d. "Setz dich bitte!"
5. d'aller au tableau. •	• e. "Schlag das Buch auf!"
6. d'écrire dans le cahier. •	• f. "Kannst du bitte wiederholen?"

Auto évaluation Très bien ☐ Bien ☐ Pas assez bien ☐

9 Les nombres
Zahlen

➔ Corrigés p.II

J'observe et je retiens

Vocabulaire à écouter

Anmeldeformular
Name: **KELLER**
Vorname: **Verena**
Adresse: **Kaiserstuhlstr. 9**
14129 BERLIN
DEUTSCHLAND
Telefonnummer: 030.85.96.34.62
Handynummer: 87.40.664

Schlussverkauf ➔ *les soldes*

Was kostet der Fernseher?
Er kostet tausendzweihundertdreiundsiebzig Euro.
1 2 7 3 €

Wie viel kostet der Kühlschrank?
Er kostet vierhundertachtundneunzig Euro fünfundsiebzig Cent.
4 9 8 7 5 €

0	null	10	zehn	20	zwanzig	60	sechzig	220	zweihundertzwanzig
1	eins	11	elf	21	einundzwanzig	70	siebzig	1000	tausend
2	zwei	12	zwölf	22	zweiundzwanzig	80	achtzig		
3	drei	13	dreizehn	23	dreiundzwanzig	90	neunzig		
4	vier	14	vierzehn	24	vierundzwanzig	100	hundert		
5	fünf	15	fünfzehn	25	fünfundzwanzig	101	hunderteins		
6	sechs	16	sechzehn	…		102	hundertzwei		
7	sieben	17	siebzehn	30	dreißig	110	hundertzehn		
8	acht	18	achtzehn	40	vierzig	115	hundertfünfzehn		
9	neun	19	neunzehn	50	fünfzig				

Remarque
En allemand, on écrit d'abord les unités puis les dizaines.
De 13 à 19 : unité + *-zehn*. À partir de 21 : unité + *und* + *-zig*.

die Zahl ➔ *le nombre* zahlen ➔ *payer* zählen ➔ *compter*

Je m'entraîne

1 ★ Compte les bougies et indique en lettres l'âge de chaque enfant.

1. Natascha

Ich bin ....

2. Julia

Ich bin ....

3. Johannes

Ich bin ....

4. David

Ich bin ....

2 ★ Entoure dans le cadre les nombres donnés en toutes lettres.

	75		96		13	
31		42		55		
	29		67		14	
18		120		22		

einunddreißig – siebenundsechzig – neunundzwanzig – vierzehn – achtzehn – fünfundsiebzig – zweiundvierzig – sechsundneunzig – hundertundzwanzig

3 ★★ Quels sont les nombres restants de l'exercice 2 ? Écris-les en lettres.

....

....

....

4 ★★ On vérifie ses achats avec son ticket de caisse.

1. Écris le prix de chaque article en toutes lettres.

Kassenzettel	
Butter	2.70
Marmelade	2.89
Äpfel	2.38
Kartoffeln	2.18
Orangensaft	2.99
Bananen	2.79

Was kosten die Butter, die Marmelade, die Äpfel, die Kartoffeln, der Orangensaft, die Bananen?

Die Butter kostet ....

Die Marmelade kostet ....

Die Äpfel kosten ....

Die Kartoffeln kosten ....

Der Orangensaft kostet ....

Die Bananen kosten ....

2. Fais l'addition et donne la somme totale en lettres.

Was hat sie bezahlt? ....

5 ★★★ Reporte-toi à la rubrique « J'observe et je retiens » et indique en lettres le prix des objets soldés.

1. Der Fotoapparat kostet → ....

2. Das Handy kostet → ....

3. Die Mikrowelle kostet → ....

4. Der Fernseher kostet → ....

Auto évaluation — Très bien ☐ Bien ☐ Pas assez bien ☐

10 L'heure
Uhrzeit

→ Corrigés p.III

J'observe et je retiens

Vocabulaire à écouter

Wie viel Uhr ist es? Wie spät ist es?

Bens Alltag:

Es ist **sieben Uhr.**
Der Wecker klingelt.
Ben wacht auf.

Es ist **Viertel nach sieben.**
Ben steht auf und geht ins Bad.

Es ist **halb acht.**
Ben frühstückt.

Es ist **Viertel vor acht.**
Ben geht in die Schule.

Es ist **kurz nach acht.**
Die Schule fängt an.

Es ist **fünf nach halb zwei.**
Die Schule ist aus.
Ben geht nach Hause.

Pour indiquer l'heure, je donne d'abord les minutes, puis l'heure.
Après l'heure : *nach*. Exemple Es ist Viertel nach sieben.
Avant l'heure : *vor*. Exemple Es ist Viertel vor acht.

Attention
Après *halb*, il n'y a pas de préposition ; je cite l'heure qui suit.

Am Bahnhof

ABFAHRT		
Zug		Gleis
München – Köln	13.50	3
München – Augsburg	13.53	5
München – Stuttgart	13.57	1
München – Paris	14.06	21

– Wann fährt der Zug nach Köln?
– Um **dreizehn Uhr fünfzig.**
– Um wie viel Uhr fährt der Zug nach Augsburg?
– Um **dreizehn Uhr dreiundfünfzig.**
– Wann fährt der Zug nach Paris?
– Um **vierzehn Uhr sechs.**

Remarque
Pour un horaire, je précise d'abord l'heure et ensuite les minutes.

Comment indiquer l'heure ?

Wann und wo treffen wir uns? → *Quand et où se voit-on ?*
Um wie viel Uhr treffen wir uns? → *À quelle heure se donne-t-on rendez-vous ?*
Wir treffen uns um 16 Uhr vor dem Kino. → *On se retrouve à 16 heures devant le cinéma.*
Wann/Um wie viel Uhr beginnt die Schule/der Film/das Fußballspiel? → *Quand/À quelle heure commence l'école/le film/le match de foot ?*
Um wie viel Uhr hast du deinen Termin beim Arzt? → *À quelle heure est ton rendez-vous chez le médecin ?*

Je m'entraîne

1 ★ Ajoute les chiffres manquants.

Wie viel Uhr ist es?

Es ist zehn

vor ....

Es ist Viertel

nach ....

Es ist zwanzig

vor ....

Es ist halb

....

2 ★★ Décris la routine quotidienne de Léonie en complétant les pointillés par les heures qui conviennent :
Viertel nach sieben – *zehn vor eins* – *Viertel vor sieben* – *fünf nach halb acht* – *einundzwanzig Uhr* – *sieben Uhr.*

1. Es ist .... Der Wecker klingelt.
2. Es ist .... Leonie steht auf und geht ins Bad.
3. Es ist .... Leonie frühstückt.
4. Es ist .... Sie fährt zur Schule.
5. Es ist .... Die Schule ist aus. Sie kommt nach Hause.
6. Es ist .... Sie ist müde und geht ins Bett.

3 ★★ Relie les deux colonnes pour obtenir la même heure !

Wann fährt der Zug ab?

Ich glaube um ...	Ach ja! Es steht hier um ...
1. zehn vor zehn •	• a. sechzehn Uhr fünf
2. fünf nach vier •	• b. elf Uhr sechzehn
3. Viertel nach sieben •	• c. zwanzig Uhr dreißig
4. halb neun •	• d. dreizehn Uhr einunddreißig
5. kurz nach Viertel nach elf •	• e. neun Uhr fünfzig nach elf
6. kurz nach halb zwei •	• f. achtzehn Uhr fünfundvierzig
7. fünf nach halb acht •	• g. sieben Uhr fünfunddreißig
8. Viertel vor sieben •	• h. sieben Uhr fünfzehn

4 ★★★ Réponds aux questions en suivant les indications données.

1. Um wie viel Uhr treffen wir uns?

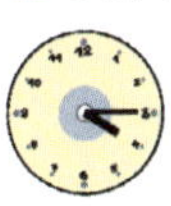
Wir treffen uns ....

....

2. Wann fährt dein Zug ab?

Der Zug fährt ....

.... ab.

3. Wie viel Uhr ist es bitte?

Es ist ....

....

4. Um wie viel Uhr hast du einen Termin beim Zahnarzt?

Morgen um ....

....

5. Um wie viel Uhr beginnt das Rockkonzert?

Es fängt um ....

.... an.

6. Wann möchtest du wegfahren?

Mir wäre ....

.... optimal! Ist es dir nicht zu früh?

Auto évaluation — Très bien ☐ Bien ☐ Pas assez bien ☐

11 L'énoncé déclaratif

→ Corrigés p.III

J'observe et je retiens

	❷	
In den Ferien	**fahre**	ich zu meinen Großeltern.
Ich	**fahre**	in den Ferien zu meinen Großeltern.
Wenn ich Ferien habe,	**fahre**	ich zu meinen Großeltern.
Nächsten Sommer	**fahre**	ich zu meinen Großeltern.
Morgen	**fahre**	ich zu meinen Großeltern.

Attention
Un complément en tête n'est pas suivi d'une virgule comme en français.

Dans un énoncé déclaratif, **le verbe conjugué est toujours en seconde position** (quelle que soit la fonction ou la longueur du premier élément). La première position peut être occupée par un groupe nominal sujet, un groupe nominal complément, un adverbe ou une proposition subordonnée.

Je m'entraîne

1 ★ Repère la place du verbe conjugué. Ajoute un point pour l'énoncé déclaratif et un point d'interrogation pour l'énoncé interrogatif.

1. Jeden Morgen stehe ich früh auf...
2. Der Wecker klingelt um halb sieben...
3. Ich bleibe noch im Bett...
4. Mama kommt dann ins Zimmer...
5. „Kannst du nicht aufstehen..."
6. Zuerst gehe ich ins Bad...
7. Dann frühstücke ich...
8. Alles steht schon auf dem Tisch...
9. Um Viertel nach sieben fahre ich mit dem Bus zur Schule...

2 ★★ Commence chaque énoncé déclaratif par les mots soulignés.

1. Nächsten Sonntag habe ich Geburtstag.
→ ....

2. Die Schule fängt um Viertel vor acht an.
→ ....

3. Ich habe leider nur eine 3 bekommen.
→ ....

4. Heute ziehe ich meine Jeans an.
→ ....

5. Ob er mitkommt, weiß ich nicht.
→ ....

3 ★★★ Formule des énoncés déclaratifs avec les éléments donnés dans le désordre.

Conseil
N'oublie pas la majuscule en début de phrase !

1. Weihnachten / bald / es / ist / .
→ ....
....

2. bleiben / am Vormittag / die Kinder / zu Hause / .
→ ....

3. einkaufen / die Eltern / heute / gehen / .
→ ....

4. besorgen / die Weihnachtsgeschenke / sie / .
→ ....

5. Lisa / wahrscheinlich / einen Laptop / bekommt /.
→ ....

6. CDs und DVDs / Martin / noch / wünscht sich / .
→ ....

7. backt / Mama / am Nachmittag / Weihnachtsplätzchen / .
→ ....

8. wir / auch noch einmal / gehen / vielleicht / zum Weihnachtsmarkt /.
→ ....

Auto évaluation Très bien ☐ Bien ☐ Pas assez bien ☐

12 L'énoncé interrogatif

→ Corrigés p. III

J'observe et je retiens

Auf dem Schulhof - Fragen an den neuen Schüler!

❷	❶
Wie *heißt* du?	*Hast* du schon Freunde?
Woher *kommst* du?	*Gefällt* es dir hier?
In welcher Klasse *bist* du denn?	*Hast* du dich gut eingelebt?

On distingue deux types d'interrogation :

- **l'interrogation partielle** : l'énoncé commence par un interrogatif en **W-** (*W-Frage*) précédé ou non d'une préposition. **Le verbe** est en **seconde position** ;
- **l'interrogation globale** : **le verbe** est en **première position**, la réponse sera *ja* ou *nein*.

Je m'entraîne

1 ★ Insère le verbe conjugué à la place qui convient, puis récris l'énoncé en entier.

> **Attention**
> N'oublie pas la majuscule en début d'énoncé !

Lukas und Karin gehen ins Konzert.

1. **(bist)** ………… du ………… fertig …………?
→ ……………………………………………………………
2. **(hast)** ………… du ………… deinen Autoschlüssel ………… mit …………?
→ ……………………………………………………………
3. **(beginnt)** ………… um wie viel Uhr ………… das Konzert …………?
→ ……………………………………………………………
4. **(können)** ………… wir ………… endlich ………… wegfahren …………?
→ ……………………………………………………………
5. **(heißt)** ………… wie ………… der Dirigent …………?
→ ……………………………………………………………
6. **(ist)** ………… wann ………… das nächste Konzert …………?
→ ……………………………………………………………

2 ★★ Relie les questions aux bonnes réponses.

1. Was möchtest du trinken? •	• a. Ja. Ich habe viel gegessen.
2. Hast du noch Hunger? •	• b. Ja, bitte. Eine Scheibe.
3. Bist du satt? •	• c. Ja, ein bisschen. Ich mache Torten.
4. Was isst du gern? •	• d. Eine Limo, bitte!
5. Möchtest du Brot? •	• e. Ja, sehr gut, danke.
6. Schmeckt's dir? •	• f. Nein, danke. Es hat sehr gut geschmeckt.
7. Kannst du kochen? •	• g. Meine Lieblingsspeise ist Wienerschnitzel mit Pommes.

3 ★★★ Formule une question cohérente en fonction de la réponse donnée.

1. W……………………………………………………
Danke, mir geht's gut !
2. ……………………………………………………
Ja, ich habe eine Schwester.
3. ……………………………………………………
Nein, den Lukas mag ich nicht!
4. W……………………………………………………
Ich glaube, mein Zug fährt um sechzehn Uhr ab.
5. ……………………………………………………
Nein, für heute habe ich nichts vor.

Auto évaluation Très bien ☐ Bien ☐ Pas assez bien ☐

13 Les interrogatifs en *W-*

→ Corrigés p.III

J'observe et je retiens

– Was machst du in den Sommerferien?
– Keine Ahnung. Ich habe bisher nichts organisiert! Und du? **Wohin** fährst du dieses Jahr?
Wo warst du denn letztes Jahr? Und **mit wem** warst du weg?
– Ich war mit ein paar Freunden in Österreich. Dieses Jahr mache ich sicher was anderes! Ich überlege es mir noch!

■ L'**énoncé interrogatif partiel** commence par un interrogatif **en *W-*** (parfois précédé d'une préposition). Le verbe conjugué est en seconde position.

■ Les mots interrogatifs les plus fréquents sont les suivants :

Wer? Qui ? (sujet : nominatif)	***Wo?*** Où ? (locatif)/***Wohin?*** où ? (directif)	***Wie viel Uhr?*** Quelle heure ?
Wen? Qui ? (à l'accusatif)	***Woher?*** D'où ? (provenance, origine)	***Um wie viel Uhr?*** À quelle heure ?
Wem? Qui ? (au datif)	***Wie viel?*** Combien ?	***Warum?*** Pourquoi ?
Was? Que/quoi ?	***Wie groß?*** Quelle taille ?	***Wie alt?*** Quel âge ?
Wann? Quand ?	***Wie lange?*** Combien de temps ?	***Wie schwer?*** Quel poids ?
Wie? Comment ?		

Attention
Wer/Wen/Wem portent des marques de cas et ne restent pas invariables comme les autres interrogatifs.

Je m'entraîne

1 ★ Entoure l'interrogatif qui donne un sens à l'énoncé.

1. **Warum / Wie alt / Wohin** lachst du?
2. **Wann / Wer / Wen** gehen wir nach Hause?
3. **Wie / Wer / Was** bekommst du zum Geburtstag?
4. **Warum / Was / Wohin** ist deine Lieblingsfarbe?
5. **Wo / Warum / Wie** fühlst du dich?
6. **Was / Wo / Warum** ist bitte eine Bank?

2 ★★ Ajoute le mot interrogatif qui convient dans les questions du professeur.

1. W.............. hat die Aufgabe nicht verstanden?
2. W.............. hast du nicht gelernt? Der Test war wirklich nicht schwer!
3. W.............. kann ich deine Eltern anrufen? Geht's am Abend?
4. Mit w.............. machst du die Partnerarbeit?

3 ★★★ Tu es dans le train et tu fais la connaissance de Michael. Pose-lui des questions en utilisant des interrogatifs en *W-*. Tu le tutoies, demande-lui :

1. comment il s'appelle.
→ ....
2. où il se rend (*fahren*).
→ ....
3. quelle heure il est.
→ ....
4. d'où il vient.
→ ....
5. où il habite.
→ ....
6. quel âge il a.
→ ....
7. ce qu'il aime lire (*gern lesen*).
→ ....

Auto évaluation Très bien ☐ Bien ☐ Pas assez bien ☐

14 L'énoncé injonctif

→ Corrigés p.III

J'observe et je retiens

Je parle à une personne.	*Je parle à plusieurs personnes.*	*Je parle à une personne que je vouvoie.*
1	2	3
Gib mir bitte deine Telefonnummer!	**Besucht** uns nächsten Sommer!	**Fahren Sie** nicht zu schnell!
Ruf doch mal an!	**Seid** vorsichtig!	
Melde dich bald!	**Kommt** gut nach Hause!	

Dans un énoncé injonctif, le verbe est en première position et il est conjugué à l'impératif. L'impératif se forme à partir du **radical du verbe**.

2ᵉ pers. du singulier	– pour les verbes faibles : radical sans terminaison (-e facultatif) – pour les verbes forts : radical modifié sans terminaison – radical terminé par *-d*, *-t*, *-er*, *-el*, *-n* : je garde le -e (euphonique) – verbe *sein*: *Sei!*	
2ᵉ pers. du pluriel	radical + *-t* (ou *-et*)	*seid!* : soyez !
Forme de politesse	*-en + Sie!*	*Seien Sie bitte…* (verbe *sein*)

Attention
On ajoute souvent un point d'exclamation à la fin de l'énoncé injonctif.

Un verbe à l'impératif est souvent suivi de ***bitte*** qui donne l'impression d'être moins autoritaire.

Je m'entraîne

1 ★ À qui s'adressent les ordres prononcés ? Écris derrière chaque énoncé W lorsqu'il s'agit de Walter et W+I lorsqu'il s'agit de Walter et d'Ida.

1. Stör mich bitte nicht! ……………………
2. Kommt schnell ins Wohnzimmer! ……………………
3. Schreit doch nicht so laut! ……………………
4. Geht bitte ins Bett! ……………………
5. Bring mir bitte einen Teller! ……………………
6. Nimm ein Stück Torte! ……………………
7. Mach bitte die Tür zu! ……………………
8. Antwortet bitte höflich! ……………………

2 ★★ Donne des conseils ! Choisis dans la liste le verbe qui convient pour compléter les phrases :
Macht* – *Ruf* – *Trink* – *Geh* – *Fragen Sie

1. ……………… die Straße nicht schmutzig!
2. ……………… kein Bier! Das macht dick!
3. ……………… dort die Verkäuferin!
4. ……………… jetzt schlafen! Du bist ja müde!
5. ……………… den Arzt an! Du hast sicher Fieber!

3 ★★★ Reformule les ordres du professeur en utilisant le verbe souligné à l'impératif.

Attention
Le verbe de modalité *sollen* doit disparaître !

1. Ihr sollt gut <u>zuhören</u>!
→ ……………………
2. Du sollst mir bitte dein Heft <u>zeigen</u>!
→ ……………………
3. Ihr sollt das Buch Seite 20 <u>aufschlagen</u>!
→ ……………………
4. Du sollst besser <u>aufpassen</u>!
→ ……………………
5. Du sollst mir deine E-Mail-Adresse <u>aufschreiben</u>!
→ ……………………
6. Du sollst dir Notizen <u>machen</u>!
→ ……………………
7. Du sollst bitte lauter <u>sprechen</u>!
→ ……………………
8. Ihr sollt bitte eure Fehler <u>korrigieren</u>!
→ ……………………

Auto évaluation — Très bien ☐ Bien ☐ Pas assez bien ☐

15 La subordonnée *(dass, weil, ob)*

→ Corrigés p.IV

J'observe et je retiens

Lisa: Weißt du vielleicht, **ob** Lena auf meine Party kommt?
Jessica: Ich glaube, **dass** sie nicht kommen kann. Sie muss zu Hause bleiben, **weil** ihre Eltern Besuch aus Frankreich haben.

Remarque
Groupe verbal à l'infinitif :
Besuch aus Frankreich haben.

La **subordonnée** :

- Elle se compose d'un **verbe conjugué en dernière position**, c'est-à-dire à droite comme dans le groupe infinitif. Les éléments en relation avec le verbe s'ordonnent à sa gauche.
- Elle est toujours séparée par une **virgule**.
- Elle est introduite par :
  - *dass* (que) après *denken, sagen, erzählen, finden, hoffen, glauben* ;
  - *weil* (parce que) en réponse à la question *warum?* ;
  - *ob* (si, oui ou non).

Je m'entraîne

1 ★ Relie début et fin de phrase.

1. Kannst du mir sagen, •
2. Ich denke, •
3. Ich lade sie ein, •

- • a. dass sie keine Suppe mag.
- • b. ob wir noch Butter haben?
- • c. weil sie sehr lustig ist.
- • d. dass sie sehr gut kocht.
- • e. ob sie angekommen ist?
- • f. weil wir gute Freundinnen sind.

2 ★★ Complète par *dass*, *weil*, ou *ob*.

1. Weißt du, ... Papa schon zurück ist?
2. Ich finde auch, ... der Rock zu kurz ist.
3. Mama sagt immer, ... ich zu wenig arbeite.
4. Ich gehe einkaufen, ... der Kühlschrank leer ist.
5. Ich bin sicher, ... es bald regnet.
6. Ich möchte wissen, ... du morgen frei hast.
7. Ich denke, ... du zu viel gegessen hast!
8. Ich hoffe, ... du wieder gesund bist.

3 ★★★ Justifie d'une autre façon. Sur une feuille à part, reforme des phrases en remplaçant *denn* (conjonction de coordination) par *weil*.

a. Ich kann nicht kommen, denn ich habe zu viele Hausaufgaben.

b. Ich esse keinen Fisch, denn ich bin Vegetarier.

c. Ich bin traurig, denn meine beste Freundin wechselt die Schule.

4 ★★★ Exprime différents sentiments en construisant des subordonnées introduites par *dass*, *ob* ou *weil*.

1. Ich frage mich, ... (ich / Leons Telefonnummer / haben)
2. Ich weiß nicht, ... (meine Antwort / richtig sein)
3. Ich finde, ... (es keine gute Idee / sein)
4. Ich bin froh, ... (morgen / schulfrei sein)

Conseil
N'oublie pas de conjuguer le verbe au présent !

Auto évaluation Très bien ☐ Bien ☐ Pas assez bien ☐

Corrigés

VOCABULAIRE

1 La famille p. 5

1 der Vater – die Tochter – der Großvater – die Mutter – der Sohn – die Großmutter.

2 Meine **Großeltern** heißen Heinrich und Herta. Sie haben zwei Kinder: einen **Sohn** (er heißt Ralph) und eine **Tochter** (sie heißt Johanna). Johannas **Mann** heißt Klaus. Jutta ist Ralphs **Frau**. Tanja ist meine **Cousine**. Meine **Schwester** Lena ist 10; aber ich bin 12.

3 Hallo! Ich bin/heiße Sarah Hirt.
Ich bin 12 (zwölf).
Ich wohne in Heidelberg.
Mein Vater heißt Thomas.
Er ist Schulleiter.
Meine Mutter heißt Karin.
Mein Bruder heißt Klaus.
Er ist 5 (fünf Jahre alt).
Meine Schwester heißt Lisa.
Sie ist 16 (sechzehn).

2 Les fêtes p. 7

1 1. September
2. November
3. Juni
4. Februar
5. August
6. Dezember

2 Ostern: 3
Karneval: 2
Neujahr: 1
Martinstag: 6
Weihnachten: 7
Deutscher Nationalfeiertag: 5
Oktoberfest: 4

3 1. Danke für das Geschenk!
2. Was bekommst du zu Weihnachten?
3. Wann hast du Geburtstag?
4. Fröhliche Weihnachten!/Frohe Weihnachten!/Ich wünsche dir ein frohes Weihnachtsfest.
5. Ein gutes neues Jahr!/Einen guten Rutsch ins neue Jahr!

4 Papa bekommt ein Handy.
Mama bekommt Parfüm.
Ich bekomme einen Schmuck.
Mein Bruder bekommt Taschengeld.

5 Hi Leon! Wie geht's? Ich habe endlich Ferien für zwei Wochen. Ich bleibe zu Hause und wir feiern Weihnachten mit der ganzen Familie. Morgen kaufen wir den Weihnachtsbaum und ich schmücke ihn erst am 24. Und du? Fährst du zu deinen Großeltern oder bleibst du in Lille?
Ich wünsche dir und deiner ganzen Familie ein frohes Weihnachtsfest und ein gutes neues Jahr! Ich melde mich bald!
L.G. Paul

3 L'habitation p. 9

1

das Wohnzimmer	das Esszimmer
das Schlafzimmer	das Badezimmer

ZIMMER

2 1. Briefkasten
2. Dachboden
3. Keller
4. Küche
5. Nachbarn
6. Garten
7. Kleiderschrank.

3 1. Garage, Garten
2. Küche
3. Stock
4. Dorf, Stadt
5. Hund, Katze.

4 Das Handy ist also in der Küche.

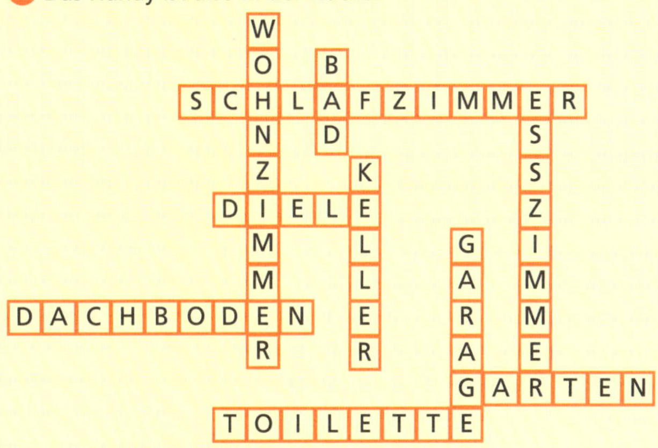

5 „Hallo! Ich bin Lea und ich wohne mit meiner Mutter in Trier. Da ist ja meine Schule! Wir wohnen im dritten Stock und wir haben einen Balkon. Meine Wohnung ist nicht sehr groß, aber sie ist sehr praktisch und modern. In meinem Schlafzimmer habe ich einen Computer und ich kann mit meinen Freunden chatten.
Mein Vater wohnt auf dem Land und er hat einen großen Garten. Am Samstag und am Sonntag bin ich oft bei meinem Papi und ich spiele mit meinem Hund. Der ist so süß!"

4 La nourriture p. 11

1 Ich trinke gern Apfelsaft, Wasser, Tee.
Ich esse gern Fleisch, Käse, Gemüse, Eier.

2 das Brot – die Butter – die Wurst.

3 1. Ich mag Eis.
2. Ich mag Käse.
3. Ich mag Wurst.
4. Ich mag Brötchen/Brot.
5. Ich mag Pommes.
6. Ich mag Obst.

4 1. Hast du Hunger?
2. Magst du Gemüse?
3. Möchtest du noch eine Scheibe Brot?
4. Möchtest du noch etwas? / Bist du satt?
5. Bring mir einen Teller bitte!
6. Was trinkst du zum Frühstück?
7. Was ist deine Lieblingsspeise?

Corrigés détachables

5 Les vêtements et les couleurs ______ p. 13

1

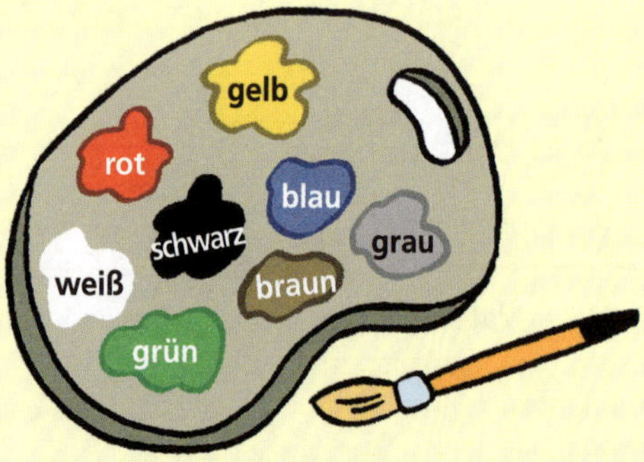

2 eine **grüne** Hose und ein weißes **T-Shirt** – ein gelbes **Kleid** und schwarze **Schuhe** – einen schwarzen **Mantel** und braune **Stiefel** – einen lila **Rock** und ein weißes **Hemd**.

3 ein gelbes T-Shirt – 3 weiße T-Shirts – ein schwarzer Rock – ein braunes Blouson – schwarze Schuhe.

4 3 – 6 – 1 – 5 – 4 – 7 – 2.

6 Les achats ______ p. 15

1 1. Blumengeschäft – 2. Modegeschäft – 3. Schreibwarengeschäft – 4. Lebensmittelgeschäft – 5. Schuhgeschäft.

2

			5											
			O											
		1	B	U	C	H	H	A	N	D	L	U	N	G
			S											
2	M	E	T	Z	G	E	R	E	I					
			L				6							
	3	K	A	U	F	H	A	U	S					
			D				P							
			E		4	P	O	S	T					
			N				T							
							H							
							E							
							K							
							E							

3

1. Wie viel Äpfel möchten Sie?
2. Was kostet der Pulli?
3. Haben Sie noch Schwarzbrot?
4. Haben Sie Hausschuhe?
5. Welche Größe haben Sie?
6. Kann ich Ihnen helfen?
7. Können Sie mir bitte helfen?
8. Wo finde ich bitte Schulbücher?

a. Nein! Das finden Sie im Kaufhaus.
b. 38-Small
c. 1 Kilo, bitte!
d. Ja, gern! Ich suche ein deutsches Lexikon.
e. 32 Euro.
f. Nein, nur Weißbrot.
g. Sie sind im ersten Stock.
h. Ja, gerne. Was möchten Sie denn?

4 1. Können Sie mir bitte helfen?
2. Wo kann ich Handschuhe finden?
3. Wie viel kosten sie?
4. Haben Sie noch andere Farben?
5. Haben Sie auch Schals?

7 Les loisirs ______ p. 17

1 1. c – 2. a – 3. d – 4. b.

2 schwimmen – Rad fahren – Fußball spielen – Inline-Skater fahren – reiten – joggen.

3

									D			
						B			L		E	
						B			E		F	
						U			S		E	
						M		C	E		R	
1	S	C	H	W	I	M	M	E	N		N	
	A					E		I			S	
	K					L		N			E	
2	L	A	U	F	E	N		K			H	
	A					3	T	A	N	Z	E	N
	V							U			N	
	I							F				
	E			4	R	E	I	T	E	N		
	R							N				

4

1.	2.	3.	4.	5.	6.	7.	8.
g.	e.	d.	h.	a.	b.	f.	c.

8 L'école ______ p. 19

1 1. 2 Ordner – 2. 1 Lineal – 3. 6 Hefte – 4. 5 Bleistifte – 5. 1 Radiergummi.

2

V	A	B	D	V	S	A	M	S	T	A	G
K	M	**K**	I	**M**	**U**	**S**	**I**	**K**	W	O	R
O	S	**U**	E	W	F	I	T	**M**	E	**D**	E
D	O	**N**	N	E	R	**S**	T	**A**	G	**E**	A
I	N	**S**	S	R	E	**P**	W	**T**	E	**U**	O
E	N	**T**	T	B	I	**O**	O	**H**	B	**T**	U
S	T	W	A	I	T	**R**	C	**E**	E	**S**	I
E	A	A	G	S	A	**T**	H	A	L	**C**	M
R	G	S	**E**	**N**	**G**	**L**	**I**	**S**	**C**	**H**	R
M	O	N	T	A	G	P	A	U	L	V	T

3

V	A	B	**D**	V	**S**	**A**	**M**	**S**	**T**	**A**	**G**
K	M	K	**I**	M	U	S	**I**	K	W	O	R
O	**S**	U	**E**	W	**F**	I	**T**	M	E	D	E
D	**O**	**N**	**N**	**E**	**R**	**S**	**T**	**A**	**G**	E	A
I	**N**	S	**S**	R	**E**	P	**W**	T	E	U	O
E	**N**	T	**T**	B	**I**	O	**O**	H	B	T	U
S	**T**	W	**A**	I	**T**	R	**C**	E	E	S	I
E	**A**	A	**G**	S	**A**	T	**H**	A	L	C	M
R	**G**	S	E	N	**G**	L	I	S	C	H	R
M	**O**	**N**	**T**	**A**	**G**	P	A	U	L	V	T

Am Montag hat sie **Musik**, **Kunst**, **Sport**, **Englisch**, **Mathe** und **Deutsch**.

4 Erdkunde – Religion – Englisch – Geschichte – Spanisch – Italienisch – Russisch – Mathe – Physik – Französisch – Chinesisch – Deutsch – Biologie – Kunst – Sport – Mathe – Chemie – Deutsch – Musik – Informatik – Portugiesisch – Schwedisch

5 1. Arbeite mit deinem Nachbarn!– 2.Erzähle von deinen Ferien! – 3. Lerne deine Vokabeln! – 4. Antworte bitte auf Deutsch!

6 1. Wie heißt dein Englischlehrer?
2. Was ist dein Lieblingsfach?
3. Wie viele Schüler lernen Französisch?
4. Hast du alles verstanden?
5. Hast du viele Hausaufgaben?
6. Was hast du am Dienstag?

7 **1.** Il te demande de t'asseoir.
2. Il te demande d'ouvrir le livre.
3. Il te demande d'écouter.
4. Il te demande de répéter.
5. Il te demande d'aller au tableau.
6. Il te demande d'écrire dans le cahier.

a. "Hör gut zu!"
b. "Komm an die Tafel!"
c. "Schreib ins Heft!"
d. "Setz dich bitte!"
e. "Schlag das Buch auf!"
f. "Kannst du bitte wiederholen!"

9 Les nombres _____ p. 21

1 **1.** Ich bin **vierzehn**. – **2.** Ich bin **neun**. – **3.** Ich bin **fünf**. – **4.** Ich bin **elf**.

2 (75) (96) 13
(31) (42) 55
(29) (67) (14)
(18) (120) 22

3 55 : fünfundfünfzig – 13 : dreizehn – 22 : zweiundzwanzig.

4 **1.** Die Butter kostet zwei Euro siebzig Cent.
Die Marmelade kostet zwei Euro neunundachtzig Cent.
Die Äpfel kosten zwei Euro achtunddreißig Cent.
Die Kartoffeln kosten zwei Euro achtzehn Cent.
Der Orangensaft kostet zwei Euro neunundneunzig Cent.
Die Bananen kosten zwei Euro neunundsiebzig Cent.
2. Fünfzehn Euro dreiundneunzig Cent.

5 **1.** Der Fotoapparat kostet **zweihundertneunundfünfzig Euro**.
2. Das Handy kostet **neunundsiebzig Euro**.
3. Die Mikrowelle kostet **hundertneunundneunzig Euro neunundneunzig Cent**.
4. Der Fernseher kostet **tausendzweihundertdreiundsiebsig Euro**.

10 L'heure _____ p. 23

1 Es ist zehn vor **zehn**.
Es ist Viertel nach **fünf**.
Es ist zwanzig vor **sechs**.
Es ist halb **eins**.

2 **1.** Es ist Viertel vor sieben.
2. Es ist sieben Uhr.
3. Es ist Viertel nach sieben.
4. Es ist fünf nach halb acht.
5. Es ist zehn vor eins.
6. Es ist einundzwanzig Uhr.

3 zehn vor zehn
fünf nach vier
Viertel nach sieben
halb neun
kurz nach Viertel nach elf
kurz nach halb zwei
fünf nach halb acht
Viertel vor sieben

sechzehn Uhr fünf
elf Uhr sechzehn
zwanzig Uhr dreißig
dreizehn Uhr einunddreißig
neun Uhr fünfzig
achtzehn Uhr fünfundvierzig
sieben Uhr fünfunddreißig
sieben Uhr fünfzehn

4 **1.** Wir treffen uns **um Viertel nach vier**.
2. Der Zug fährt **um zehn vor zehn (neun Uhr fünfzig) ab**.
3. Es ist **halb drei**.
4. Morgen **um zwanzig nach elf**.
5. Es fängt **um Viertel vor neun an**.
6. Mir wäre **Viertel nach vor optimal**.

GRAMMAIRE

11 L'énoncé déclaratif _____ p. 24

1 **1.** Jeden Morgen stehe ich früh auf.
2. Der Wecker klingelt um halb sieben.
3. Ich bleibe noch im Bett.
4. Mama kommt dann ins Zimmer.
5. „Kannst du nicht aufstehen?"
6. Zuerst gehe ich ins Bad.
7. Dann frühstücke ich.
8. Alles steht schon auf dem Tisch.
9. Um Viertel nach sieben fahre ich mit dem Bus zur Schule.

2 **1.** Ich habe nächsten Sonntag Geburtstag.
2. Um Viertel vor acht fängt die Schule an.
3. Leider habe ich nur eine 3 bekommen.
4. Ich ziehe heute meine Jeans an.
5. Ich weiß nicht, ob er mitkommt.

3 **1.** Es ist bald Weihnachten.
2. Am Vormittag bleiben die Kinder zu Hause. (Die Kinder bleiben am Vormittag zu Hause.)
3. Heute gehen die Eltern einkaufen. (Die Eltern gehen heute einkaufen.)
4. Sie besorgen die Weihnachtsgeschenke.
5. Lisa bekommt wahrscheinlich einen Laptop. (Wahrscheinlich bekommt Lisa einen Laptop.)
6. Martin wünscht sich noch CDs und DVDs.
7. Mama backt am Nachmittag Weihnachtsplätzchen. (Am Nachmittag backt Mama Weihnachtsplätzchen.)
8. Vielleicht gehen wir auch noch einmal zum Weihnachtsmarkt.

12 L'énoncé interrogatif _____ p. 25

1 **1.** **Bist** du fertig?
2. **Hast** du deinen Autoschlüssel mit?
3. Um wie viel Uhr **beginnt** das Konzert?
4. **Können** wir endlich wegfahren?
5. Wie **heißt** der Dirigent?
6. Wann **ist** das nächste Konzert?

2 Was möchtest du trinken?
Hast du noch Hunger?
Bist du satt?
Was isst du gern?
Möchtest du Brot?
Schmeckt's dir?
Kannst du kochen?

Ja. Ich habe viel gegessen.
Ja, bitte. Eine Scheibe.
Ja, ein bisschen. Ich mache Torten.
Eine Limo, bitte!
Ja, sehr gut, danke.
Nein, danke. Es hat sehr gut geschmeckt.
Meine Lieblingsspeise ist Wienerschnitzel mit Pommes.

3 **1.** Wie geht's dir?
2. Hast du Geschwister?
3. Magst du den Lukas?/Findest du den Lukas sympathisch?/Gefällt dir der Lukas?
4. Wann fährt dein Zug ab?/Um wie viel Uhr fährt dein Zug ab?/Wann musst du weg?
5. Machst du heute etwas?/Hast du heute was vor (etwas vor)?

13 Les interrogatifs en W- _____ p. 26

1 **1.** Warum – **2.** Wann – **3.** Was – **4.** Was – **5.** Wie – **6.** Wo –

2 **1.** Wer – **2.** Warum – **3.** Wann – **4.** wem.

3 **1.** Wie heißt du?
2. Wohin fährst du?
3. Wie viel Uhr ist es?
4. Woher kommst du?/Wo kommst du her?
5. Wo wohnst du?
6. Wie alt bist du?
7. Was liest du gern?

Corrigés détachables

Corrigés détachables

14 L'énoncé injonctif — p. 27

1 1. W – 2. W / I – 3. W / I – 4. W / I – 5. W – 6. W – 7. W – 8. W / I.

2 1. **Macht** die Straße nicht schmutzig!
2. **Trink** kein Bier! Das macht dick!
3. **Fragen** Sie dort die Verkäuferin!
4. **Geh** jetzt schlafen! Du bist ja müde!
5. **Ruf** den Arzt an! Du hast sicher Fieber!

3 1. Hört gut zu!
2. Zeig mir bitte dein Heft!
3. Schlagt das Buch Seite 20 auf!
4. Pass besser auf!
5. Schreib mir deine E-Mail-Adresse auf!
6. Mach dir Notizen!
7. Sprich bitte lauter!
8. Korrigiert bitte eure Fehler!

15 La subordonnée (*dass, weil, ob*) — p. 28

1

1. Kannst du mir sagen,
2. Ich denke,
3. Ich lade sie ein,

a. dass sie keine Suppe mag.
b. ob wir noch Butter haben?
c. weil sie sehr lustig ist.
d. dass sie sehr gut kocht.
e. ob sie angekommen ist?
f. weil wir gute Freundinnen sind.

2 1. ob – 2. dass – 3. dass – 4. weil – 5. dass – 6. ob – 7. dass – 8. dass.

3 1. Ich kann nicht kommen, weil ich zu viele Hausaufgaben habe.
2. Ich esse keinen Fisch, weil ich Vegetarier bin.
3. Ich bin traurig, weil meine beste Freundin die Schule wechselt.

4 1. Ich frage mich, ob ich Leons Telefonnummer habe.
2. Ich weiß nicht, ob meine Antwort richtig ist.
3. Ich finde, dass es keine gute Idee ist.
4. Ich bin froh, weil ich morgen schulfrei habe.

16 Le nominatif — p. 29

1

Article défini		Pronom personnel
das	ein Kind	es
die	eine Mutter	sie
der	ein Vater	er
die	Großeltern	sie
die	meine Schwester	sie

2 1. Ist er ein strenger Lehrer?
2. Wie heißt dieses Wort auf Französisch?
3. Unsere Sommerferien dauern sechs Wochen. Sind deine Ferien auch so kurz?
4. Thomas und Michael sind keine fleißigen Schüler. Ganz im Gegenteil!
5. Warum bist du immer der Letzte?

3 1. Meine kleine Schwester Sophie. Sie ist ein lustiges Mädchen!
2. Das ist mein bester Freund Thomas. Seine Haare sind ja sehr lang!
3. Hier sind meine Großeltern! Sie kommen zu Weihnachten immer zu uns.
4. Dieser Mann hier ist mein Onkel. Ich weiß nicht mehr, wie er heißt!
5. Meine Cousine Juliane ist das Mädchen da mit dem braunen Haar.
6. Das ist ja mein Haus! Der Garten ist leider ein bisschen zu klein.
7. Das sind meine Katzen! Die schwarze da ist meine Lieblingskatze!

17 Le complément à l'accusatif — p. 30

1 1. Er bekommt also dieses Hemd hier.
2. Sie bekommt also diese Handtasche.
3. Sie bekommt also diese Kette hier!
4. Er bekommt dieses Spiel.
5. Sie bekommen diesen Fernseher.
6. Hoffentlich bekomme ich diese Schijacke!

2 ein Federmäppchen – ~~einem Lineal~~ – ~~ein Kugelschreiber~~ – Bleistifte – ein Radiergummi – eine Flasche Apfelsaft – ~~ein Toaster~~ – ~~einer Jacke~~ – ein T-Shirt – grüne Socken – ~~ein Film~~ – eine CD – Batterien.

3 1. dein, deinen – 2. deinen, deine – 3. kein, die.

18 Le complément au datif — p. 31

1 1. in der Bäckerei.
2. in dem Kaufhaus.
3. in dem Laden.
4. bei den Nachbarn.
5. bei den Großeltern.

2 2. einer Handtasche – 3. langen Ferien – 7. einem Boot – 8. euen Schuhen – 9. einem Haus am Meer – 11. einem neuen Rucksack – 12. einem schwarzen Kleid.

3 1. a. In einem Dorf. – b. Auf dem Land. – c. An der Ostsee.
2. a. Von den Großeltern. – b. Von deiner Tante. – c. Von deinem Brieffreund?
3. a. Deinen Cousins. – b. Deiner Deutschlehrerin. – c. Meiner besten Freundin.
4. a. Auf der Terrasse. – b. In der Küche. – c. Auf dem Rasen.
5. a. Mit dem Bus. – b. Mit dem Fahrrad. – c. Mit der U-Bahn.

19 Le déterminatif du type *der* — p. 32

1

	Nominatif		Accusatif		Datif	
	Singulier	Pluriel	Singulier	Pluriel	Singulier	Pluriel
1. Der Kaffee ist warm.	X					
2. Gib mir bitte den Honig!			X			
3. Die Brötchen sind da!		X				
4. Hol mir bitte die Butter!			X			
5. In dem Kühlschrank ist auch Salami.					X	
6. Ich möchte bitte **die** Marmelade.			X			

2 **Die** Schule liegt in der Nähe von **dem** Bahnhof. Viele Schüler fahren also mit **dem** Zug zur Schule.
Dieses Gymnasium ist sehr groß und sehr modern. **Die** Schüler sind sehr glücklich, weil sie einen guten Kontakt zu **den** Lehrern haben. **Die** Klassenarbeiten sind aber manchmal schwer!
Auf **dem** Pausenhof kann man **im** Sommer auf **den** Bänken sitzen und plaudern. **Die** große Pause dauert zwanzig Minuten. Der Unterricht beginnt um 8 Uhr und die Mittagspause ist um eins. Viele Schüler essen zu Mittag in der Kantine, denn es ist auch eine Ganztagschule.

20 Le déterminatif du type *ein* p. 33

1 1. ein – 2. ein – 3. einem – 4. eine – 5. ein – 6. einem.

2 1. die Bäckerei – 2. das Lebensmittelgeschäft – 3. die Metzgerei – 4. den Blumenladen – 5. die Buchhandlung – 6. das Schuhgeschäft. – 7. einen Bioladen.

3 1. ein – 2. ein – 3. einem – 4. dein – 5. ein – 6. keinen – 7. Meine – 8. eine, ein – 9. deinem – 10. kein, meine, eine.

21 Les marques de l'adjectif épithète p. 34

1

G.N. avec déterminatif portant une marque	G.N. avec marque seule sur l'adjectif
3 – 5 – 6 – 7	1 – 2 – 4 – 8
eine süße Orange	warme Würstchen
die moderne Küche	kein gutes Lokal
die leckeren Torten	ein frisches Bier

2

Nominatif	Accusatif	Datif
der rote Pulli	den roten Pulli	dem roten Pulli
die schwarze Bluse	die schwarze Bluse	der schwarzen Bluse
das gelbe T-Shirt	das gelbe T-Shirt	dem gelben T-Shirt
die neuen Kleider	die neuen Kleider	den neuen Kleidern

Nominatif	Accusatif	Datif
ein roter Pulli	einen roten Pulli	einem roten Pulli
ein gelbes T-Shirt	ein gelbes T-Shirt	einem gelben T-Shirt

3 1. heiße – 2. schmutzigen – 3. kleinen – 4. warme – 5. ganzen – 7. andere – 8. großen.

4 Kennst du Lisa, meine beste Freundin? Sie besucht eine andere Schule, weil sie letztes Jahr nach Berlin gezogen ist, aber wir telefonieren fast jeden Tag! Lisa ist wirklich ein liebes Mädchen und sie fehlt mir. In meiner Klasse habe ich leider noch keine andere Freundin gefunden. Vielleicht denke ich zu viel an meine liebste Freundin!

22 Le nom p. 35

1 Trier, den 12. November

Liebe Marie,

Ich heiße Jasmin Sieber und ich bin deine Austauschpartnerin. Ich bin 14 Jahre alt und ich habe einen kleinen Bruder. Er ist 7 Jahre alt. Ich lerne seit drei Jahren Französisch und interessiere mich sehr für Frankreich. In meiner Freizeit reite ich und ich schwimme sehr gerne. Meine beste Freundin ist Sarah; sie ist Sophies Austauschpartnerin. Ist Sophie auch deine Freundin? Ich freue mich sehr auf meine Reise nach Frankreich!

Liebe Grüße. Deine Jasmin

2 die Schultasche – der Schulfreund – das Schulsystem – der Schulanfang.

die Klassenarbeit – der Klassensprecher – der Klassenlehrer – das Klassenzimmer.

3 1. die Hausaufgaben – 2. die Musikstunde – 3. die Sommerferien – 4. das Schulzeugnis – 5. das Englischbuch – 6. das Lehrerzimmer – 7. der Schulhof – 8. der Stundenplan – 9. die Klassenarbeit – 10. der Schulleiter – 11. die Sporttasche.

23 Le pronom personnel p. 36

1

	Nominatif	Accusatif	Datif
1. Hast du **es** bekommen?		X	
2. Was möchten **Sie**?	X		
3. Das ist **mir** egal!			X
4. Wie geht's **Ihnen**?			X
5. **Ich** bin dran!	X		
6. Wo wohnt **ihr**?	X		
7. Hier bin **ich**!	X		
8. Ist **dir** kalt?			X
9. Das ist **mir** zu teuer.			X

2 1. dir – 2. du – 3. sie – 4. dir – 5. Ihnen – 6. dir oder mir.

3 1. Zeig sie mir bitte!
2. Du kennst ihn schon!
3. Ist er für mich?
4. Kaufst du es?
5. Holst du sie ab?

4 Liebe Großeltern,
Jetzt bin **ich** schon vier Tage auf Klassenfahrt. **Es** gefällt **mir** (Mir gefällt es) ausgezeichnet! **Wir** machen viele Ausflüge mit unseren Austauschpartnern. **Ich** kann also mit **ihnen** diskutieren und Fortschritte machen. Ich verstehe mich mit allen sehr gut und ich finde **sie** echt cool!
Ich bin so froh, dass ich **euch** gar nicht vermisse! Ich bringe **euch** aber ein kleines Geschenk aus Berlin!
Liebe Grüße. Euer Thomas

24 Le pronom réfléchi p. 37

1

1	d
2	b
3	c
4	a

2 1. Ich interessiere **mich** nicht für Fußball, aber mein Vater interessiert **sich** sehr viel für diesen Sport! Und du? Für welchen Sport interessierst du **dich**?
2. Ich fühle **mich** nicht gut. Ich muss **mich** hinlegen.
3. Warum freust du **dich** nicht auf den Schulanfang? Hab doch keine Angst!
4. Nimm **dir** eine Tablette gegen Kopfschmerzen! Das hilft schon!
5. Unsere Kinder verstehen **sich** gut! Das ist toll!
6. Ihr kauft **euch** zu viele Süßigkeiten!

3 1. Freust du dich auch auf den Schulanfang?
2. Kaufst du dir auch oft Klamotten!
3. Verkleidest du dich auch gern?

25 Le déterminant possessif p. 38

1

Sein Deutschheft – ihr Englischbuch – ihr Federmäppchen – seine Bleistifte – sein Radiergummi – ihre Kunstmappe – ihre Schultasche – sein Rucksack

Corrigés détachables

2

	das Hemd	der Pulli	die Hose	die Sachen	das T-Shirt
Max sucht (acc.)	sein Hemd	seinen Pulli	seine Hose	seine Sachen	sein T-Shirt
Ida sucht (acc.)	ihr Hemd	ihren Pulli	ihre Hose	ihre Sachen	ihr T-Shirt
Max und Ida suchen (acc.)	ihre Hemden	ihre Pullis	ihre Hosen	ihre Sachen	ihre T-Shirts

3 1. **Ihre** Eltern sind Lehrer.
2. Ich möchte mir **ihre** Fotos anschauen.
3. Du solltest **ihren** Arzt anrufen; er ist sehr nett.
4. **Ihr** Rezept ist wirklich lecker! Besser als meines.
5. Ich kenne **ihren** Mann noch nicht. Und du?
6. Ich habe mich mit **ihren** Eltern lange unterhalten.

26 Le groupe prépositionnel à l'accusatif ______ p. 39

1 1. Ich habe kein Geschenk *für meine Schwester.*
2. Ich bleibe noch eine Stunde am Strand.
3. *Ohne mich* kannst du den Weg nicht finden.
4. Nimm etwas *für die Reise* mit! Du kriegst sicher Hunger!
5. Erzähl mir von *deiner Klassenfahrt*! Hat es dir gefallen?
6. Ich gehe sehr gerne *auf den Markt*! Das macht mir Spaß!

2

1. Setz dich	a. auf den Tisch!
2. Stell bitte die Flasche	b. ins Auto!
3. Leg dich	c. für Kinder!
4. Bring bitte den Koffer	d. neben mich!
5. Das ist kein Film	e. auf dein Bett!

3 1. Du arbeitest für dich, nicht für die anderen!
2. Fahr nicht **durch** die Stadt, es dauert zu lange!
3. Besorg dir ein Medikament **gegen** Allergie.
4. Komm **ins** Auto, es ist ja kalt!
5. Komm bitte **an** die Tafel und korrigiere die Übung.
6. Setz dich **auf** das Sofa, du bist ja müde!

27 Le groupe prépositionnel au datif ______ p. 40

1 bei – aus – mit – nach – zu – seit – von

2 Les groupes prépositionnels au datif sont : 2. – 4. – 5. – 6. – 8. – 9.

3

TAFEL	
Sarah	Laura
Niko	Fabian
Julius	Kevin

4 1. Es ist **von den Großeltern.**
2. Sie ist noch **in der Schule.**
3. Es ist **auf dem Schreibtisch.**
4. **Seit einer Woche** bin ich krank.

5 Nach **der** Schule fahre ich zu mein**em** Onkel. Er wohnt nicht weit von mein**em** Gymnasium und ich kann also bei ih**m** warten. Meine Eltern holen mich dann mit mein**em** Bruder ab und ich bin erst um 6. zu Hause. Vor **dem** Abendbrot kann ich noch ein bisschen fernsehen!

28 L'opposition locatif-directif ______ p. 41

1 1. D – 2. L – 3. L – 4. L – 5. D

2 1. ins Theater gehen – 2. zu Eva fahren/gehen – 3. nach Spanien fahren/fliegen – 4. in der Schule bleiben/warten – 5. in einer Großstadt wohnen/bleiben.

3

Wie komme ich bitte ...						Bist du noch ...					
ins	in	zu	nach	zum		in der	im	zu	bei	beim	
		X			deinen Eltern?	X					Kneipe?
	X				die Schule?			X			Hause?
				X	Bahnhof?	X					Garage?
X				X	Hotel?					X	Direktor?
			X		Hause?		X				Bad?

29 Le groupe verbal ______ p. 42

1

1. ein Foto machen	Er	macht ein Foto.
2. kalt sein	Es	ist kalt.
3. in die Schule gehen	Ich	gehe in die Schule.
4. zu Hause bleiben	Wir	bleiben zu Hause.
5. schnell fahren	Ich	fahre schnell.
6. früh aufstehen	Ich	stehe früh auf.
7. Golf spielen	Er	spielt Golf.
8. nett sein	Du	bist nett.
9. schwimmen können	Er	kann schwimmen.

2 1. mit Freunden Fußball spielen – 2. jeden Tag in der Kantine essen – 3. am Nachmittag mitkommen – 4. nächste Woche auf Ursulas Party gehen – 5. seine Hausaufgaben fertig machen – 6. mit dem Hund spazieren gehen – 7. ein Motorrad kaufen wollen – 8. sein Portemonnaie verloren haben.

3 1. ins Kino gehen – 2. die Zeitung lesen – 3. Musik hören – 4. den Zug nehmen – 5. zu Hause bleiben – 6. Deutsch sprechen – 7. auf dem Land wohnen.

4 1. Er sagt, dass er gern im Garten arbeitet.
2. Er erklärt, dass er zu Fuß zur Schule geht.
3. Er erzählt, dass er ein Ferienhaus an der Nordsee hat.
4. Er findet, dass er zu dick ist.

30 La négation globale ______ p. 43

1

kein	keine	keinen	nicht	
X				1. Fieber haben
		X		2. einen Computer haben
			X	3. sehr teuer sein
			X	4. groß sein
			X	5. einkaufen gehen
	X			6. eine Schwester haben
			X	7. in Berlin wohnen
			X	8. viel arbeiten

2 1. Er erzählt, dass er keine Freunde hat.
2. Er erzählt, dass er keinen Hund hat.
3. Er erzählt, dass er nicht lange schläft.
4. Er erzählt, dass er keine Angst hat.
5. Er erzählt, dass er kein Glück hat.

3 1. Nein, ich jogge nicht.
2. Nein, ich möchte keine Milch.
3. Nein, ich bin nicht müde.
4. Nein, ich habe kein Motorrad.
5. Nein, ich kann nicht reiten.
6. Nein, ich bin nicht traurig.
7. Nein, ich bin kein guter Skifahrer.
8. Nein, ich habe keinen Durst.

31 Les formes du verbe ______ p. 44

1 1. mit/kommen – 2. zu/machen – 3. besuchen – 4. Ski fahren – 5. auf/stehen – 6. beginnen – 7. an/ziehen – 8. verlieren.

2 1. Ich verstehe – 2. Ich fange an – 3. Ich komme zurück – 4. Ich erzähle – 5. Wir ziehen um – 6. Wir wachen auf – 7. Wir kommen an.

3 1. Sie erzählt, dass sie Tennis spielt.
2. Sie erzählt, dass sie manchmal fernsieht.
3. Sie erzählt, dass sie ihre Freundin oft anruft.
4. Sie erzählt, dass sie ihre Großeltern gern besucht.
5. Sie erzählt, dass sie sich morgen verkleidet.
6. Sie erzählt, dass sie ihre Schlüssel oft verliert.
7. Sie erzählt, dass sie nächsten Samstag ausgeht.

32 Le présent de l'indicatif ______ p. 45

1

radical	ich	du	er/sie/es	wir	ihr	sie/Sie
frag-	frage	fragst	fragt	fragen	fragt	fragen
kauf-	kaufe	kaufst	kauft	kaufen	kauft	kaufen
heiß-	heiße	heißt	heißt	heißen	heißt	heißen
find-	finde	findest	findet	finden	findet	finden
hör-	höre	hörst	hört	hören	hört	hören
antwort-	antworte	antwortest	antwortet	antworten	antwortet	antworten
tanz-	tanze	tanzt	tanzt	tanzen	tanzt	tanzen
telefonier-	telefoniere	telefonierst	telefoniert	telefonieren	telefoniert	telefonieren

2 1. Er/sie/es/ihr – 2. du – 3. Ich – 4. du – 5. Wir/Sie – 6. Wir/Sie – 7. er/sie/ihr.

3 1. Am Mittwoch **gehen wir** ins Kino.
2. Nein, **ich suche** eine Wohnung.
3. Nein, **er bleibt** zu Hause.

33 Le présent des verbes forts en *-a* et en *-e* ______ p. 46

1

infinitif	du	er	ihr
lassen	lässt	lässt	lasst
fallen	fällst	fällt	fallt
schlafen	schläfst	schläft	schlaft
tragen	trägst	trägt	tragt
waschen	wäschst	wäscht	wascht
geben	gibst	gibt	gebt
sehen	siehst	sieht	seht
essen	isst	isst	esst
helfen	hilfst	hilft	helft
lesen	liest	liest	lest
treffen	triffst	trifft	trefft
sprechen	sprichst	spricht	sprecht

2 1. ihr – 2. du – 3. er/sie/es/du – 4. er/sie/es – 5. ihr – 6. ihr – 7. er/sie/es – 8. ihr – 9. ihr – 10. wir/sie/Sie.

3 1. Er trägt eine Brille.
2. Er spricht sehr schnell.
3. Er liest gern Comics.
4. Er isst vegetarisch.
5. Er sieht oft fern.

34 Le présent des auxiliaires et des verbes de modalité ______ p. 47

1

	Présent de l'indicatif					
	ich	du	er/sie/es	wir	ihr	sie/Sie
muss	X		X			
seid					X	
wollt					X	
kannst		X				
dürfen				X		X
müsst					X	
habt					X	
weiß	X		X			

2 1. mag – 2. Möchtest – 3. Kannst – 4. hat – 5. ist – 6. dürfen.

3 Heute **hat** Kira Geburtstag. Sie **ist** 13. All ihre Freundinnen **sind** da. Sie **haben** ein Geschenk für sie. Was **kann** es sein? Vielleicht ein Schmuck oder Klamotten? Das **mag** sie sehr! Sie **ist** ja ein typisches Mädchen!

35 Le prétérit ______ p. 48

1

	Présent	Prétérit
1. Ich arbeite sechs Stunden ohne Pause.	X	
2. Sie hatte viel Glück.		X
3. Sie erzählte oft dumme Geschichten.		X
4. Ihr seid ein bisschen faul!	X	
5. Wir freuten uns auf Weihnachten!		X
6. Sie hatten eine große Familie.		X
7. Es waren schöne Tage!		X

2 1. ~~Ich~~ / ~~Sie~~ / Ihr lerntet
2. ~~Er~~ / ~~Sie~~ / Ihr wart
3. Ich / ~~Du~~ / Er hatte
4. Ich / Sie / Er wohnte
5. Wir / ~~Ihr~~ / Sie waren
6. ~~Ich~~ / Wir / Sie spielten
7. Wir / ~~Ihr~~ / Sie hatten
8. Ich / Sie / Er war
9. Du / ~~Er~~ / ~~Sie~~ machtest

3 1. Sein – Wo warst du denn?
2. Haben – Was hattest du?
3. Wohnen – Wo wohntet ihr?
4. Sein – War es sehr weit?
5. Sein – Waren sie gute Freunde?
6. Haben – Hatte er eine Wohnung oder ein Haus?

36 Le parfait des verbes faibles ______ p. 49

1 1. gezahlt – 2. geträumt – 3. geglaubt – 4. gesucht – 5. geklebt – 6. geschafft – 7. reagiert – 8. gelebt – 9. gekocht – 10. gewartet.

Corrigés détachables

❷ Gestern **habe** ich meinen Geburtstag mit meiner Familie und meiner besten Freundin **gefeiert**. Mama **hat** eine große Torte **gemacht** und sie **hat** mir einen Ipod **geschenkt**. Mein Bruder **hat** mich mit meiner Freundin **fotografiert**, und wir **haben** beide schön **gelächelt**. Ich **habe** auch mit meinen Schulfreunden **telefoniert**. Nächsten Montag feiern wir auch in der Schule!

❸ Ich **habe** die Tür **geöffnet**. Ich **habe** keinen Lärm **gehört**. Ich **habe** meine Katze überall im Haus **gesucht**. Ich **habe** auch im Garten **geguckt**. O je!
Luzi **hat** etwas Gefährliches **gemacht**. Sie **ist** auf das Dach vom Hochhaus **geklettert!** Ich **habe** Angst **gehabt**.

37 Le parfait des verbes forts ______ p. 50

❶

Participe II	getragen	gehabt	gerufen	genommen	gewartet	geworfen	geflogen	geschrien	geholfen
Infinitif	tragen	verbe faible	rufen	nehmen	verbe faible	werfen	fliegen	schreien	helfen

❷ 1. getragen – 2. gelassen – 3. gekommen – 4. gefallen – 5. gerufen

❸ 1. Zu Weihnachten **sind** wir nach Rothenburg **gefahren**.
2. Wir **haben** ein kleines Hotel **gefunden**.
3. Die Leute **sind** sehr gastfreundlich **gewesen**.
4. Ich **habe** die Stadt **gesehen** und ich **bin** sehr lange auf dem Weihnachtsmarkt **geblieben**.
5. Wir **haben** Glühwein **getrunken**, Weihnachtsplätzchen **gegessen** und ich **habe** mit einer Verkäuferin Deutsch **gesprochen**.
6. Ich **habe** auch sehr nette Leute **getroffen** und sie **haben** mir ihre Adresse **gegeben**. Leider **habe** ich noch nicht **geschrieben**.

38 Les verbes à préverbe au parfait ____ p. 51

❶

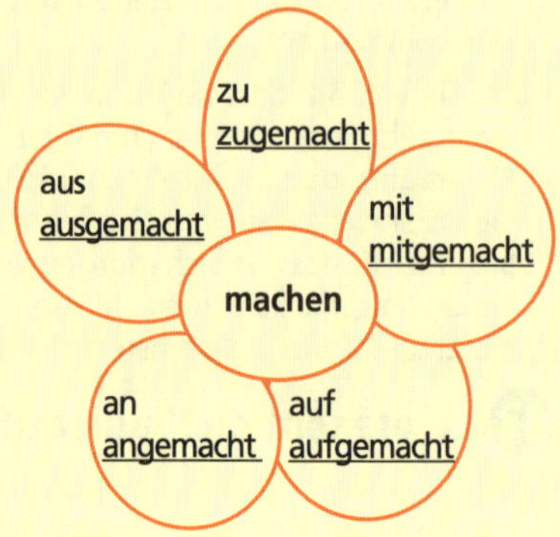

❷ **ein**geladen – verloren – **mit**gespielt – gefallen – erzählt – **an**gerufen – begonnen – versteckt – verkauft – bemerkt – **fern**gesehen – vergessen – **ein**gekauft – **an**gezogen – **zurück**gerufen.

❸ 1. Um wie viel Uhr bist du aufgestanden?
2. Wann bist du weggefahren?
3. Wann hat das Konzert begonnen?
4. Wie lange hast du ferngesehen?
5. Was hast du für deine Fahrt mitgenommen?
6. Hast du deine Großeltern oft besucht?

16 Le nominatif

→ Corrigés p.IV

J'observe et je retiens

Mein Klassenlehrer ist ein sehr guter Lehrer. Er ist immer da für uns. Alle Schüler verstehen sich gut mit ihm. Dieser Mann hat auch viel Humor! Er ist super!

- En allemand, il existe quatre cas, chacun correspondant à la fonction du groupe nominal (sujet, complément…).
- Ces marques de nominatif sont portées par les déterminants ou par le pronom personnel (*cf.* tableau).

Remarque
Le nominatif est le cas du **sujet ou de l'attribut du sujet**. Le déterminant peut porter une marque :
-r pour le masculin sg., *-e* pour le féminin sg., *-s* pour le neutre sg., *-e* pour le pluriel.

	Masculin	Féminin	Neutre	Pluriel
Article défini	der Hund	die Katze	das Pferd	die Tiere
Article indéfini	ein Hund	eine Katze	ein Pferd	ø Tiere
Déterminant possessif	mein Hund	meine Katze	mein Pferd	meine Tiere
Pronom personnel	er	sie	es	sie

Attention
L'adjectif seul, attribut du sujet, est invariable ! *Meine Katze ist so lieb!*

Je m'entraîne

1 ★ Pour chaque exemple au nominatif, complète le tableau en donnant l'article défini et le pronom personnel qui s'y rapporte.

Article défini	Exemple	Pronom personnel
	ein Kind	
	eine Mutter	
	ein Vater	
	Großeltern	
	meine Schwester	

2 ★★ Souligne en bleu chaque groupe nominal sujet et en vert l'attribut du sujet.

1. Ist er **ein strenger Lehrer**?
2. Wie heißt **dieses Wort** auf Französisch?
3. **Unsere Sommerferien** dauern sechs Wochen. Sind **deine Ferien** auch so kurz?
4. Thomas und Michael sind **keine fleißigen Schüler**. Ganz im Gegenteil!
5. Warum bist du immer **der Letzte**?

3 ★★★ Complète les commentaires notés par Paula au bas des photos de son album. Ajoute les marques manquantes.

1. BILD 1: Mein.... kleine Schwester Sophie. Sie ist ein.... lustiges Mädchen!
2. BILD 2: Das ist mein.... bester Freund Thomas. Sein.... Haare sind ja sehr lang!
3. BILD 3: Hier sind mein.... Großeltern! Sie kommen zu Weihnachten immer zu uns.
4. BILD 4: Dies.... Mann hier ist mein.... Onkel. Ich weiß nicht mehr, wie er heißt!
5. BILD 5: Mein.... Cousine Juliane ist d.... Mädchen da mit dem braunen Haar.
6. BILD 6: Das ist ja mein.... Haus! D.... Garten ist leider ein bisschen zu klein.....
7. BILD 7: Das sind mein.... Katzen! D.... schwarze da ist mein.... Lieblingskatze!

Auto évaluation — Très bien ☐ Bien ☐ Pas assez bien ☐

17 Le complément à l'accusatif

→ Corrigés p.IV

J'observe et je retiens

Flori packt ein.
„Was brauche ich noch für meine Klassenfahrt nach Lille? Ich habe fast alles drin! Ich brauche auch meine Turnschuhe, mein Wörterbuch,... ach ja... den Föhn!Meinen Pass darf ich nicht vergessen!"

■ Le **complément d'objet direct** ou le complément d'un **verbe transitif** en allemand est à l'accusatif. Certaines **prépositions** comme *durch, für, gegen, ohne, um* sont toujours suivies de l'accusatif.

■ Ce cas est aussi utilisé pour exprimer un **directif** (déplacement) après une préposition mixte.
Exemple *Ich gehe in die Schule.*

■ Les marques de l'accusatif sont semblables à celles du nominatif, sauf au masculin.

	Masculin	Féminin	Neutre	Pluriel
Article défini	den Pulli	die Jacke	das Hemd	die Schuhe
Article indéfini	einen Pulli	eine Jacke	ein Hemd	ø Schuhe
Pronom personnel	ihn	sie	es	sie

Remarques
- *Ein*, *kein* et le déterminant possessif ne prennent pas de marque à l'accusatif neutre. La marque est donc reportée sur l'adjectif épithète.
- Le déterminant démonstratif *dieser* a les mêmes marques que le déterminant défini *der*.

Je m'entraîne

1 ★ Indique ce que chacun reçoit à Noël. Complète par les marques d'accusatif.

Was bekommt jeder zu Weihnachten?

1. Papa möchte ein Hemd. *Er bekommt also dies.... Hemd hier!*
2. Mama möchte eine Handtasche. *Sie bekommt also dies.... Handtasche.*
3. Meine Schwester möchte eine Kette. *Sie bekommt also dies.... Kette hier!*
4. Mein Bruder möchte ein Gesellschaftsspiel. *Er bekommt dies.... Spiel.*
5. Meine Großeltern möchten einen Fernseher. *Sie bekommen dies....* Fernseher.
6. Ich möchte eine Schijacke. Hoffentlich bekomme ich dies.... Schijacke! Die gefällt mir so gut!

2 ★★ Barre tous les exemples qui ne sont pas à l'accusatif.

Ich gehe ins Kaufhaus. Was brauche ich?
ein Federmäppchen – einem Lineal – ein Kugelschreiber – Bleistifte – ein Radiergummi – eine Flasche Apfelsaft – ein Toaster – einer Jacke – ein T-Shirt – grüne Socken – ein Film – eine CD – Batterien.

3 ★★★ Complète par une marque si nécessaire.

1. Was ziehst du heute an? Dein.......... rotes Kleid oder dein.......... schwarzen Rock?
2. Ist das Geschenk hier für dein.......... Bruder oder für dein.......... Schwester?
3. Wir haben kein.......... Brot. Ich gehe schnell in d.......... Bäckerei.

Auto évaluation Très bien ☐ Bien ☐ Pas assez bien ☐

18 Le complément au datif

→ Corrigés p.IV

J'observe et je retiens

Claudia hat lange telefoniert.
– Mit we**m** telefonierst du die ganze Zeit?
– Mit de**n** Eltern von meine**r** neuen Klassennachbarin. Lena ist krank und ich habe ihre**n** Eltern die Hausaufgaben erklärt. Das war ein bisschen kompliziert!

- Le datif indique la personne à qui l'on donne/dit quelque chose (complément d'objet second).
- Certaines prépositions sont toujours suivies du datif : ***aus***, ***bei***, ***mit***, ***nach***, ***seit***, ***von***, ***zu***.
- Il exprime le locatif (lieu où se trouve quelqu'un) après des prépositions mixtes.

Exemple *Ich wohne in de**r** Stadt.*

Remarque
Les marques du datif sont *-em/-er/-em* au singulier et *-en* au pluriel.

Je m'entraîne

1 ★ Complète le déterminant avec la marque du datif qui convient.

Ich warte...

1. in d.......... Bäckerei. (fem.)
2. in d.......... Kaufhaus. (neutre)
3. in d.......... Laden. (masc.)
4. bei d.......... Nachbarn. (pluriel)
5. bei d.......... Großeltern. (pluriel)

2 ★★ Entoure les groupes nominaux au datif.

Beate träumt von ...

1. ein Klavier.
2. einer Handtasche.
3. langen Ferien.
4. ein Konzert.
5. ein netter Mann.
6. der Computer.
7. einem Boot.
8. neuen Schuhen.
9. einem Haus am Meer.
10. ein Motorrad.
11. einem neuen Rucksack.
12. einem schwarzen Kleid.

3 ★★★ Donne trois réponses possibles à la question posée. Ajoute les marques du datif.

1. *Wo wohnst du?*
   a. In ein.......... Dorf.
   b. Auf d.......... Land.
   c. An d.......... Ostsee.
2. *Von wem ist der Brief?*
   a. Von d.......... Großeltern.
   b. Von dein.......... Tante.
   c. Von dein.......... Brieffreund.
3. *Wem zeigst du deine Fotos?*
   a. Dein.......... Cousins.
   b. Dein.......... Deutschlehrerin.
   c. Mein.......... besten Freundin.
4. *Wo essen wir heute?*
   a. Auf d.......... Terrasse.
   b. In d.......... Küche.
   c. Auf d.......... Rasen.
5. *Wie fährst du zur Schule?*
   a. Mit d.......... Bus.
   b. Mit d.......... Fahrrad.
   c. Mit d.......... U-Bahn.

Conseil
Aide-toi du lexique, p. 53, pour vérifier le genre des mots.

Auto évaluation Très bien ☐ Bien ☐ Pas assez bien ☐

19 Le déterminant du type *der*

→ Corrigés p. IV

J'observe et je retiens

Anweisungen für das Frühstück
"Das Frühstück ist zwischen sieben und zehn. Sie können oben **im** Zimmer oder unten in **der** Cafeteria frühstücken. Es steht alles auf de**m** Tisch: Das warme Getränk bekommen Sie aber von mir."

■ Le déterminant *der*/*die*/*das* correspond à l'article défini le/la et aux trois genres : masculin, féminin et neutre. Les déterminants du type *der* portent toujours une marque de genre et de cas.

■ Cinq marques sont possibles : *-er*, *-en*, *-em*, *-(e)s*, *-e*.
C'est au **marquage du groupe nominal** (du déterminant/de l'adjectif), et non à sa position dans la phrase, que l'on reconnaît sa **fonction** sujet ou objet.

	Masculin	Féminin	Neutre	Pluriel
Nominatif	der Pulli	die Hose	das Hemd	die Kleider
Accusatif	den Pulli	die Hose	das Hemd	die Kleider
Datif	dem Pulli	der Hose	dem Hemd	den Kleidern

Remarques
- Les déterminants *dieser* (ce/cette) et *jeder* (chaque) ont les mêmes marques que *der*, *die*, *das*.
- Avec certaines prépositions, la préposition et le déterminant se retrouvent contractés en un seul mot, mais la marque demeure : *in dem* … *im* / *in das* … *ins*.

Je m'entraîne

1 ★ À quels cas sont les déterminants marqués en gras ? Coche dans le tableau.

	Nominatif		Accusatif		Datif	
	Singulier	Pluriel	Singulier	Pluriel	Singulier	Pluriel
1. **Der** Kaffee ist warm.						
2. Gib mir bitte **den** Honig!						
3. **Die** Brötchen sind da!						
4. Hol mir bitte **die** Butter!						
5. In **dem** Kühlschrank ist auch Salami.						
6. Ich möchte bitte **die** Marmelade.						

2 ★★★ Complète la présentation de l'école de Leander. Fais bien attention au cas demandé.

D.......... Schule liegt in der Nähe von d.......... Bahnhof. Viele Schüler fahren also mit d.......... Zug zur Schule. Dies.......... Gymnasium ist sehr groß und sehr modern. D.......... Schüler sind sehr glücklich, weil sie einen guten Kontakt zu d......... Lehrern haben. D.......... Klassenarbeiten sind aber manchmal schwer! Auf d.......... Pausenhof kann man i.......... Sommer auf d.......... Bänken sitzen und plaudern. D.......... große Pause dauert zwanzig Minuten. D.......... Unterricht beginnt um 8 Uhr und d.......... Mittagspause ist um eins. Viele Schüler essen zu Mittag in d.......... Kantine, denn es ist auch eine Ganztagschule.

Auto évaluation: Très bien ☐ Bien ☐ Pas assez bien ☐

20 Le déterminant du type *ein*

→ Corrigés p.IV

J'observe et je retiens

Ich stelle mich vor: Ich heiße Markus und ich bin 13. Ich wohne in ein<u>em</u> Dorf. Ich habe eine Schwester und ein<u>en</u> Bruder. Mein Bruder ist älter als ich. Ich habe auch ei<u>n</u> Haustier: mein<u>e</u> Katze ist noch sehr klein und so süß!
Und du? Hast du Haustiere?

- Le déterminant *ein* correspond à l'article indéfini *un/une* en français.
- À l'opposé du déterminant *der*, qui porte toujours une marque, *ein* ne porte pas de marque au nominatif (masculin et neutre) et à l'accusatif neutre. Dans tous les autres cas du singulier, *ein* se comporte comme *der*.
- Au pluriel, il n'y a pas de déterminant.

	Masculin	Féminin	Neutre	Pluriel
Nominatif	ein Pulli	eine Hose	ein Hemd	Ø Kleider
Accusatif	einen Pulli	eine Hose	ein Hemd	Kleider
Datif	einem Pulli	einer Hose	einem Hemd	Kleidern

Remarque
Le déterminant possessif et la négation *kein* portent les mêmes marques que le déterminant *ein* au singulier et que *die* au pluriel.

Je m'entraîne

1 ★ Remplace l'article défini par l'article indéfini.

1. der/ .... Weihnachtsbaum
2. das/ .... Weihnachtslied
3. auf dem/auf .... Sessel
4. die/ .... Kerze
5. das/ .... Geschenk
6. mit dem/mit .... Weihnachtsmann

2 ★★ Pose la même question en utilisant un déterminant du type *der*. Tu peux vérifier le genre des mots dans le lexique.

Wo ist bitte	Wo finde ich bitte ....
1. eine Bäckerei?	d.............................?
2. ein Lebensmittelgeschäft?	d.............................?
3. eine Metzgerei?	d.............................?
4. ein Blumenladen?	d.............................?
5. eine Buchhandlung?	d.............................?
6. ein Schuhgeschäft?	d.............................?
7. ein Bioladen?	e.............................?

3 ★★★ Complète si nécessaire.

1. Gib mit bitte ein........... Stück Schokolade!
2. Dein Pullover hat ein........... Loch.
3. Er wohnt in ein........... Dorf.
4. Hast du dein........... Handy dabei? Ich muss telefonieren.
5. War das ein........... Tier oder nur der Wind?
6. Ich finde kein........... Parkplatz! Das ist wirklich Pech!
7. Mein........... Eltern kommen auch auf das Fest mit!
8. Suchst du ein........... Wohnung oder ein........... Haus?
9. Weißt du vielleicht, was mit dein........... Rucksack passiert ist? Er ist ganz kaputt!
10. Ich habe noch kein........... Geschenk für mein .... Eltern gefunden. Hast du ja ein .... Idee?

Auto évaluation Très bien ☐ Bien ☐ Pas assez bien ☐

21 Les marques de l'adjectif épithète

→ Corrigés p.IV

J'observe et je retiens

Exemple Das *rote* Fahrrad gehört mir. Hast du *ein rotes* Fahrrad?

marque sur le déterminant (nominatif neutre) — **absence de marque sur le déterminant** — **marque sur l'adjectif** (acc. neutre)

■ L'**adjectif épithète** est toujours placé **devant le nom qu'il détermine** et **ne reste jamais invariable**.

■ On distingue deux types de groupes nominaux :

- un **groupe nominal du type *der/einen*** avec un déterminant portant une marque visible ; l'adjectif épithète ne peut porter que *-e* ou *-en* ;
- un **groupe nominal avec un déterminant sans marque visible** ou sans déterminant ; l'adjectif porte l'une des cinq marques : *-er*, *-en*, *-em*, *-es*, *-e*.

	Type *der* (*eine/einen*)				Type *ein* (non marqué)/Adjectif seul			
	Masc.	Fém.	Neutre	Pluriel	Masc.	Fém.	Neutre	Pluriel
Nominatif	-e	-e	-e	-en	-er	-e	-es	-e
Accusatif	-en	-e	-e	-en	-en	-e	-es	-e
Datif	-en	-en	-en	-en	-em	-er	-em	-en

Je m'entraîne

1 ★ Classe les groupes nominaux suivants dans la colonne qui convient :

1. ein gutes Essen
2. warme Würstchen
3. eine kalte Vorspeise
4. kein gutes Lokal
5. eine süße Orange
6. die moderne Küche
7. die leckeren Torten
8. ein frisches Bier.

Groupe nominal avec déterminant portant une marque	Groupe nominal avec marque seule sur l'adjectif

2 ★★ Complète le tableau.

Nominatif	Accusatif	Datif
der rote Pulli		
die schwarze Bluse		
das gelbe T-Shirt		
die neuen Kleider		
ein roter Pulli		
ein gelbes T-Shirt		

3 ★★ Ajoute *-e* ou *-en*.

1. Ich möchte bitte eine heiß....... Schokolade.
2. Wohin bringe ich die schmutzig....... Teller?
3. Ich brauche einen klein....... Löffel.
4. Ich habe diese warm....... Vorspeise nicht bestellt.
5. Iss bitte deinen ganz....... Teller auf!
6. Hol mir bitte eine ander....... Flasche Apfelsaft!
7. Ich habe keinen groß....... Hunger. Und du?

4 ★★★ Ajoute *-e* ou *-en*.

Kennst du Lisa, meine best.... Freundin? Sie besucht eine ander.... Schule, weil sie letzt.... Jahr nach Berlin gezogen ist, aber wir telefonieren fast jeden Tag! Lisa ist wirklich ein lieb.... Mädchen und sie fehlt mir. In meiner Klasse habe ich leider noch keine ander.... Freundin gefunden. Vielleicht denke ich zu viel an meine liebst.... Freundin!

Auto évaluation — Très bien ☐ Bien ☐ Pas assez bien ☐

22 Le nom

→ Corrigés p.V

J'observe et je retiens

Mit sechs Jahren kommen die Kinder in die Grund*schule*. Sie dauert 4 Jahre. Am ersten Schul*tag* bekommt der Schüler eine Schul*tüte*. In der Schul*tüte* gibt es Süßigkeiten und neues Schul*material*.

- En allemand, **tous les noms** prennent **une majuscule**, aussi bien les noms propres que les noms communs.
- Il existe **trois genres** : le nom commun peut être **masculin**, **féminin** ou **neutre**. La marque de genre est indiquée par le déterminant défini : *der*, *die*, *das*. Il faut donc apprendre chaque nom avec son déterminant. Et comme pour le genre, la **marque du pluriel** est également à apprendre par cœur (*ø*, *-e*,*¨-e*, *-er*, *-en*, *-nen*, *-n*).

Attention
Le genre d'un nom allemand ne correspond pas forcément à celui du nom en français.

- Le nom n'est pas précédé d'un déterminant quand on ne peut pas le dénombrer ou que la quantité n'est pas précisée.
- Un nom allemand semble parfois très long quand il s'agit d'un **mot composé**. En effet, l'allemand peut associer plusieurs mots pour en former de nouveaux. C'est le déterminé, donc **le dernier terme du mot**, qui impose le **genre et le nombre** au nom composé.

Je m'entraîne

1 ★ **Souligne tous les noms communs dans la lettre de Jasmin.**

Trier, den 12. November
Liebe Marie,
Ich heiße Jasmin Sieber und ich bin deine Austauschpartnerin. Ich bin 14 Jahre alt und ich habe einen kleinen Bruder. Er ist 7 Jahre alt. Ich lerne seit drei Jahren Französisch und interessiere mich sehr für Frankreich. In meiner Freizeit reite ich und ich schwimme sehr gerne. Meine beste Freundin ist Sarah; sie ist Sophies Austauschpartnerin. Ist Sophie auch deine Freundin?
Ich freue mich sehr auf meine Reise nach Frankreich!
Liebe Grüße.
Deine Jasmin

2 ★★ **Forme des mots composés et récris le mot avec son déterminant défini.**

Déterminant	BASE	Mot composé
Schul-	Tasche (fém.)	....
	Freund (masc.)	....
	System (neutre)	....
	Anfang (masc.)	....

Déterminant	BASE	Mot composé
Klassen-	Arbeit (fém.)	....
	Sprecher (masc.)	....
	Lehrer (masc.)	....
	Zimmer (neutre)	....

3 ★★★ **Complète les mots ci-dessous par le déterminant défini et le déterminant du mot composé.**

1. d.... ....aufgaben (*les devoirs à la maison*)
2. d.... ....stunde (*le cours de musique*)
3. d.... ....ferien (*les vacances d'été*)
4. d.... ....zeugnis (*le bulletin scolaire*)
5. d.... ....buch (*le livre d'anglais*)
6. d.... ....zimmer (*la salle des professeurs*)
7. d.... ....hof (*la cour de récréation*)
8. d.... ....plan (*l'emploi du temps*)
9. d.... ....arbeit (*le devoir sur table, en classe*)
10. d.... ....leiter (*le directeur de l'école*)
11. d.... ....tasche (*le sac de sport*)

Auto évaluation Très bien ☐ Bien ☐ Pas assez bien ☐

23 Le pronom personnel

→ Corrigés p.V

J'observe et je retiens

Karin: Wie findest **du** meine neue Hose?
Mama: **Ich** finde **sie** ganz OK. **Sie** steht **dir** gut. Wo hast **du sie** denn gekauft?
Karin: Bei Steffl. Glaub **es mir**! **Ich** habe **sie** wirklich gebraucht. Die anderen waren abgetragen.

■ Le pronom personnel remplace un groupe nominal. Sa fonction dans l'énoncé (sujet, attribut, complément d'objet direct ou indirect...) détermine son cas.

Nominatif	ich	du	er	sie	es	wir	ihr	sie/Sie
Accusatif	mich	dich	ihn	sie	es	uns	euch	sie/Sie
Datif	mir	dir	ihm	ihr	ihm	uns	euch	ihnen/Ihnen

Remarque
Er, *sie*, *es* portent les mêmes marques que *der*, *die*, *das*.

Je m'entraîne

1 ★ Identifie le cas de chaque pronom personnel en gras et coche la bonne réponse dans le tableau.

	Nom.	Acc.	Dat.
1. Hast du **es** bekommen?			
2. Was möchten **Sie**?			
3. Das ist **mir** egal!			
4. Wie geht's **Ihnen**?			
5. **Ich** bin dran!			
6. Wo wohnt **ihr**?			
7. Hier bin **ich**!			
8. Ist **dir** kalt?			
9. Das ist **mir** zu teuer.			

2 ★★ Entoure le pronom personnel qui convient.

1. Ich wünsche dir / dich / sie ein gutes neues Jahr!
2. Wann hast du / dich / dir Geburtstag?
3. Deine Großeltern wohnen in Berlin. Besuchst du sie / ihnen / ihm oft?
4. Wie schmeckt dich / sie / dir die Torte ? Es ist ja ein neues Rezept!
5. Soll ich Sie / ihn / Ihnen einen Tee machen?
6. Wem gehört der Radiergummi? Dich oder mich / dir oder mir / du oder ich?

3 ★★★ Comment dirais-tu en parlant...

1. de photos *(Fotos)* : Montre-**les** moi ! *(zeigen)*
→ ....
2. d'un ami *(der Freund)* : **Tu le** connais déjà ! *(kennen)*
→ ....
3. d'une lettre *(der Brief)* : Est-**elle** pour moi ?
→ ....
4. d'une robe *(das Kleid)* : **L'**achètes-**tu** ? *(kaufen)*
→ ....
5. de tes cousins *(Cousins)* : Vas-tu **les** chercher ? *(ab/holen)*
→ ....

4 ★★★ Complète la carte de Thomas.

Liebe Großeltern,

Jetzt bin .... schon vier Tage auf Klassenfahrt. .... gefällt .... ausgezeichnet ! .... machen viele Ausflüge mit unseren Austauschpartnern. .... kann also mit .... diskutieren und Fortschritte machen. Ich verstehe mich mit allen sehr gut und ich finde .... echt cool! Ich bin so froh, dass ich .... gar nicht vermisse! Ich bringe .... aber ein kleines Geschenk aus Berlin!

Liebe Grüße. Euer Thomas

Auto évaluation Très bien ☐ Bien ☐ Pas assez bien ☐

24 Le pronom réfléchi

→ Corrigés p. V

J'observe et je retiens

Alltagsstress!
Mama: Sandra, schnell! Wir fahren!
Sandra: Ja, gleich! Ich komme! ich ziehe **mich** schnell an. Ich putze **mir** noch die Zähne.

■ Le pronom réfléchi a les mêmes formes que le pronom personnel, sauf à la 3e personne, et il peut être **soit à l'accusatif**, **soit au datif** selon sa fonction.

■ Si le pronom est COD, il sera à l'accusatif.
Exemple *ich ziehe **mich** an.*

■ Si le verbe a déjà un COD, le pronom est alors complément d'objet second.
Exemple *ich putze mir die Zähne.*

sich an/ziehen (*s'habiller*)	**sich die Zähne putzen** (*se brosser les dents*)
ich ziehe **mich** an	ich putze **mir** die Zähne
du ziehst **dich** an	du putzt **dir** die Zähne
er/sie/es zieht **sich** an	er/sie/es putzt **sich** die Zähne
wir ziehen **uns** an	wir putzen **uns** die Zähne
ihr zieht **euch** an	ihr putzt **euch** die Zähne
sie/Sie ziehen **sich** an	sie/Sie putzen **sich** die Zähne
accusatif	datif

Attention
Ce n'est pas parce qu'un verbe a une forme pronominale en français qu'il l'a automatiquement en allemand !
Ex. : *Ich wache auf* → Je *me* réveille.

Je m'entraîne

1 ★ Comprends-tu les conseils que l'on te donne ? Reporte tes résultats dans la grille.

Le conseil que l'on te donne :

1. Nimm dir Zeit!
2. Beeile dich!
3. Wasch dir bitte die Hände!
4. Hol dir ein Getränk!

1	
2	
3	
4	

On t'invite à :

a. aller te chercher une boisson
b. te dépêcher
c. te laver les mains
d. prendre ton temps

2 ★★ Complète avec le pronom réfléchi à l'accusatif ou au datif.

1. Ich interessiere .... nicht für Fußball, aber mein Vater interessiert .... sehr viel für diesen Sport. Und du? Für welchen Sport interessierst du .... ?
2. Ich fühle .... nicht gut. Ich muss .... hinlegen.
3. Warum freust du .... nicht auf den Schulanfang? Hab doch keine Angst!
4. Nimm .... eine Tablette gegen Kopfschmerzen! Das hilft schon!
5. Unsere Kinder verstehen .... gut! Das ist ja toll!
6. Ihr kauft .... zu viele Süßigkeiten!

3 ★★★ Interroge ton camarade pour savoir s'il a aussi les mêmes habitudes. Utilise le verbe réfléchi à la 2e personne et ajoute l'adverbe *auch* dans chaque question.

1. Ich freue mich sehr auf den Schulanfang. Und du ?
Freust du .... ?
2. Ich kaufe mir oft Klamotten. Und du ?
.... ?
3. Ich verkleide mich gern für Feste. Und du ?
.... ?

Auto évaluation Très bien ☐ Bien ☐ Pas assez bien ☐

25 Le déterminant possessif

→ Corrigés p.V

J'observe et je retiens

Über Jasmins Familie.
Jasmins Eltern sind geschieden. **Ihre** Mutter Julia wohnt in Berlin und **ihr** Vater Christoph wohnt in Leipzig. Christoph hat noch **seine** Eltern und Jasmin fährt oft zu ihnen. Julias Eltern sind leider tot.

■ Le déterminant possessif a les mêmes marques que le déterminant indéfini *ein* au singulier et que *die* au pluriel. À la 3e personne du singulier, il faut bien distinguer le possesseur masculin du possesseur féminin.

Singulier		Pluriel	
1re pers.	meine Schwester	1re pers.	unsere Schwester
2e pers.	deine Schwester	2e pers.	eure Schwester
3e pers. (masc./neutre)	seine Schwester	3e pers.	ihre Schwester
3e pers. (fém.)	ihre Schwester	Forme de politesse	Ihre Schwester

Remarques
- Lorsque *euer* porte une marque, le *-e* disparaît (**ex. :** *euer Vater*, mais *eure Mutter*).
- Le déterminant possessif *unser* se comporte comme les autres déterminants possessifs. Le *-er* n'est pas une marque !
- Lorsque le nom propre se termine par *-s*, *-x*, ou *-z*, ce dernier est suivi d'une apostrophe.

Attention
Il ne faut pas traduire du français, mais commencer par regarder qui est le possesseur ; ensuite, on ajoute la marque de l'objet possédé.

■ Quand le possesseur est exprimé par un nom propre, on place celui-ci devant le nom qu'il détermine et on lui ajoute un *-s*.

Je m'entraîne

1 ★ Entoure en bleu ce qui appartient à Walter et en rouge ce qui appartient à Ida.

sein Deutschheft – ihr Englischbuch – ihr Federmäppchen – seine Bleistifte – sein Radiergummi – ihre Kunstmappe – ihre Schultasche – sein Rucksack

2 ★★ Complète le tableau en utilisant le déterminant possessif. Ajoute la marque de l'accusatif lorsque c'est nécessaire.

	das Hemd	der Pulli	die Hose	die Sachen	das T-Shirt
Max sucht (acc.)					
Ida sucht (acc.)					
Max und Ida suchen (acc.)	Hemden	Pullis	Hosen	Sachen	T-Shirts

3 ★★★ Remplace le mot souligné par un déterminant possessif et récris la phrase.

1. Bettinas Eltern sind beide Lehrer.
→ ....
2. Ich möchte mir Claudias Fotos anschauen.
→ ....
3. Du solltest Elisas Arzt anrufen; er ist sehr nett.
→ ....
4. Marions Rezept ist wirklich lecker! Besser als meines.
→ ....
5. Ich kenne Marlens Mann noch nicht. Und du?
→ ....
6. Ich habe mich mit Maries Eltern lange unterhalten.
→ ....

Auto évaluation Très bien ☐ Bien ☐ Pas assez bien ☐

26 Le groupe prépositionnel à l'accusatif

→ Corrigés p. VI

J'observe et je retiens

Die Creme **gegen** die Falten!

Für gesunde Zähne!

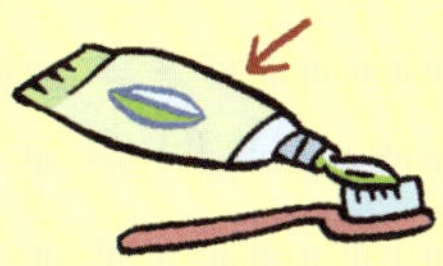

Die frische Gemüsesuppe **ohne** Konservierungsmittel.

Ich darf nicht **ins** Geschäft gehen! Ich bleibe draußen.

- Le groupe prépositionnel est **toujours à l'accusatif après *durch*** (à travers), ***für*** (pour), ***gegen*** (contre), ***ohne*** (sans), ***um*** (autour de).
- Les **prépositions spatiales** sont suivies de l'**accusatif** si le verbe exprime un **directif** (changement de lieu, déplacement) : ***in*** (dans), ***an*** (à, au), ***auf*** (sur, dans : institution/lieu découvert/une île), ***hinter*** (derrière), ***vor*** (devant), ***über*** (au-dessus de), ***unter*** (sous), ***neben*** (à côté), ***zwischen*** (entre).

Attention
Certaines prépositions se trouvent sous une forme contractée : préposition + article défini (*ins*, *ans*…).

Je m'entraîne

1 ★ Souligne les groupes prépositionnels à l'accusatif.

1. Ich habe kein Geschenk *für meine Schwester*.
2. Ich bleibe noch eine Stunde *am Strand*.
3. *Ohne mich* kannst du den Weg nicht finden.
4. Nimm etwas *für die Reise* mit! Du kriegst sicher Hunger!
5. Erzähl mir *von deiner Klassenfahrt*! Hat es dir gefallen?
6. Ich gehe sehr gerne *auf den Markt*! Das macht mir Spaß!

2 ★★ Relie les deux colonnes pour obtenir un énoncé cohérent.

1. Setz dich •	• a. auf den Tisch!
2. Stell bitte die Flasche •	• b. ins Auto!
3. Leg dich •	• c. für Kinder!
4. Bring bitte den Koffer •	• d. neben mich!
5. Das ist kein Film •	• e. auf dein Bett!

3 ★★★ Formule des conseils avisés en utilisant des prépositions.

1. Tu travailles pour toi, pas pour les autres ! (*die anderen*)
→ ....
2. Ne traverse pas la ville, c'est trop long. (*fahren/die Stadt/zu lange dauern*)
→ ....
3. Procure-toi un médicament contre l'allergie ! (*sich ein Medikament besorgen/die Allergie*)
→ ....
4. Viens dans la voiture, il fait froid. (*das Auto/kalt*)
→ ....
5. Viens au tableau, s'il te plaît, et corrige l'exercice. (*die Tafel/die Übung korrigieren*)
→ ....
6. Assieds-toi sur le canapé, tu es fatigué. (*sich setzen/das Sofa*)
→ ....

Auto évaluation Très bien ☐ Bien ☐ Pas assez bien ☐

27 Le groupe prépositionnel au datif

→ Corrigés p.VI

J'observe et je retiens

Ulrike: **Von wem** ist der Brief?
Anja: Er ist **von meiner** Brieffreundin aus Wien.
Ulrike: Was schreibt sie in **diesem** Brief?
Anja: Sie kommt **im** Juni **mit** ihrer Klasse **zu** uns **nach** Frankreich. Das ist ja toll!

Le groupe prépositionnel est au **datif dans deux cas** :

- la **préposition impose le datif** : ***aus*** (de, en provenance de), ***bei*** (chez locatif), ***mit*** (avec), ***nach*** (après, à, chez – directif), ***seit*** (depuis), ***von*** (de), ***zu*** (chez – directif sauf *zu Hause sein*) ;
- le **verbe impose le cas** : verbe exprimant l'endroit où je suis (le locatif), avec une préposition spatiale (***in***, ***an***, ***auf***, ***hinter***, ***vor***, ***über***, ***unter***, ***neben***, ***zwischen***).
- Une information temporelle peut être aussi au datif (*im August*, *am Wochenende*).

Remarque
Il faut mémoriser les formes contractées (préposition + article défini) : *in dem = im, an dem = am, bei dem = beim, von dem = vom, zu dem = zum, zu der = zur...*

Je m'entraîne

1 ★ Entoure, dans la liste de prépositions, celles qui sont toujours suivies du datif.

für – auf – bei – gegen – über – aus – mit – durch – nach – zu – ohne – an – seit – von

2 ★★ Anja appelle sa maman dans la maison. Quelle peut être la réponse de Madame Albrecht ? Barre les groupes prépositionnels qui ne sont pas au datif.

Anja: Mama, wo bist du denn? Ich brauche dich bitte!
Die Mutter: Warte mal! Ich bin ...

1. ins Schlafzimmer – **2.** im Wohnzimmer – **3.** in die Küche – **4.** auf dem Dachboden – **5.** in der Garage – **6.** im Bad – **7.** ins Esszimmer – **8.** im Keller. – **9.** im Ankleideraum.

3 ★★ Dessine sur une feuille à part les tables des voisins de Niko d'après sa description.

Neben mir sitzt Fabian. Er ist ein guter Schüler. **Vor** mir sitzt Sarah. **Neben** ihr sitzt natürlich ihre Freundin Laura. **Hinter** mir sitzt Julius. Sein Nachbar ist Kevin.

4 ★★★ Réponds aux questions avec les éléments donnés entre parenthèses.

1. Von wem ist das Geschenk? (die Großeltern)

Es ist ....

2. Wo ist denn Mama? (die Schule)

Sie ist noch ....

3. Wo ist dein Zeugnis? (der Schreibtisch)

Es ist ....

4. Seit wann bist du krank? (eine Woche)

....

5 ★★★ Complète la description des activités de Niko après l'école.

Nach d..... Schule fahre ich zu mein..... Onkel. Er wohnt nicht weit von mein..... Gymnasium und ich kann also bei ..... warten. Meine Eltern holen mich dann mit mein..... Bruder ab und ich bin erst um 6. zu Hause. Vor d..... Abendbrot kann ich noch ein bisschen fernsehen!

Auto évaluation Très bien ☐ Bien ☐ Pas assez bien ☐

28 L'opposition locatif-directif

→ Corrigés p.VI

J'observe et je retiens

Dieses Jahr *wohne* ich noch **zu Hause bei meinen Eltern**. Nächstes Jahr *fahre* ich **nach Heidelberg**. Ich möchte an der Uni studieren und suche mir dann eine WG. Vielleicht *wohne* ich doch **bei Verwandten**, aber mit Studenten ist es lustiger!

- En allemand, il faut faire la différence entre le lieu où je suis et où je fais une action (locatif), et le lieu où je vais (directif/directionnel). Le groupe prépositionnel sera différent selon l'action exprimée par le verbe.
- Les prépositions spatiales mixtes seront suivies soit de l'accusatif (directif), soit du datif (locatif).

	Wo?	***Wohin?***
Nom géographique	**in** Köln/Deutschland (*mais* in der Schweiz)	**nach** Wien/Österreich, (in die Schweiz)
Lieu/bâtiment	**in der Schule (*datif*)**	**in die Schule (*accusatif*)**
Lieu découvert/surface	**auf dem Markt (*datif*)**	**auf den Markt (*accusatif*)**
Personnes	**bei** ihm/**beim** Arzt	**zu** ihm/**zum** Arzt
À la maison	**zu** Hause	**nach** Hause

Remarque
Fais bien la différence entre les prépositions qui régissent toujours le même cas et les prépositions mixtes qui dépendent du sens du verbe (locatif ou directif).

Je m'entraîne

1 ★ Les phrases suivantes ont-elles un sens locatif ou directif ? Entoure la bonne réponse.

1. Nächsten Sommer fahren wir nach Italien. L / D
2. Heute essen wir bei den Großeltern. L / D
3. Ist deine Mutter oft zu Hause? L / D
4. Meine Brieffreundin wohnt in Berlin. L / D
5. Wann kommst du zu uns? L / D

2 ★★ Forme des groupes verbaux en utilisant un des verbes suivants : *fahren – gehen – bleiben – wohnen – fliegen*.

1. ins Theater ....
2. zu Eva ....
3. nach Spanien ....
4. in der Schule ....
5. in einer Großstadt ....

3 ★★★ Coche la bonne réponse.

Wie komme ich bitte ...					
ins	in	zu	nach	zum	
					deinen Eltern?
					die Schule?
					Bahnhof?
					Hotel?
					Hause?

Bist du noch ...					
in der	im	zu	bei	beim	
					Kneipe?
					Hause?
					Garage?
					Direktor?
					Bad?

Auto évaluation Très bien ☐ Bien ☐ Pas assez bien ☐

29 Le groupe verbal

→ Corrigés p.VI

J'observe et je retiens

fahren	aller (en voiture)
nach Berlin **fahren**	aller à Berlin
mit meiner Klasse nach Berlin **fahren**	aller à Berlin avec ma classe
nächsten Sommer mit meiner Klasse nach Berlin **fahren**	aller à Berlin avec ma classe cet été

Ich **fahre** nächsten Sommer mit meiner Klasse nach Berlin.
②

■ Pour construire un énoncé en allemand, il faut bien comprendre la structure du groupe verbal à l'infinitif. **Le verbe à l'infinitif est à la dernière place**, contrairement au français, et **les éléments qui le déterminent s'ajoutent de droite à gauche**.

■ Ce principe de détermination se retrouve aussi dans la formation des mots composés, des nombres, de la proposition subordonnée.

Remarque
Pour former un énoncé, il faut conjuguer le verbe en l'accordant avec le sujet et le déplacer en 1re ou 2e position selon le type d'énoncé. Les autres éléments ne changent pas de place !

Je m'entraîne

1 ★ Conjugue la base du groupe verbal et mets-la à la seconde place.

1. ein Foto **machen**	Er	
2. kalt **sein**	Es	
3. in die Schule **gehen**	Ich	
4. zu Hause **bleiben**	Wir	
5. schnell **fahren**	Ich	
6. früh **aufstehen**	Ich	
7. Golf **spielen**	Er	
8. nett **sein**	Du	
9. schwimmen **können**	Er	

2 ★★ Classe en les numérotant les éléments du groupe verbal.

1. a. mit Freunden / b. spielen / c. Fußball ....
2. a. essen / b. jeden Tag / c. in der Kantine ....
3. a. mitkommen / b. am Nachmittag ....
4. a. gehen / b. auf Ursulas Party / c. nächste Woche ...
5. a. fertig / b. machen / c. seine Hausaufgaben ......
6. a. spazieren / b. mit dem Hund / c. gehen ....
7. a. ein Motorrad / b. wollen / c. kaufen ....

3 ★★★ Donne l'équivalent en allemand.

1. aller au cinéma : ....
2. lire le journal (*die Zeitung*) : ....
3. écouter de la musique : ....
4. prendre le train : ....
5. rester à la maison : ....
6. parler allemand : ....
7. habiter à la campagne : ....
8. avoir de la fièvre (*Fieber*) : ....

4 ★★★ En t'appuyant sur l'ordre du groupe verbal, complète les subordonnées en gras. N'oublie pas de conjuguer la base verbale.

1. gern im Garten arbeiten
Er sagt, **dass er** ....
2. zu Fuß zur Schule gehen
Er erklärt, **dass er** ....
3. ein Ferienhaus an der Nordsee haben
Er erzählt, **dass er** ....
4. zu dick sein
Er findet, **dass er** ....

Auto évaluation — Très bien ☐ Bien ☐ Pas assez bien ☐

30 La négation globale

→ Corrigés p. VI

J'observe et je retiens

fernsehen | Zeit haben
nicht fernsehen | **keine** Zeit haben
Ich sehe **nicht** fern. ❷ | Ich habe **keine** Zeit. ❷

■ En allemand, **c'est à partir du groupe verbal à l'infinitif que l'on peut nier un énoncé**. Dans ce cas, la négation est globale, car c'est le contenu de **l'énoncé entier** qui est nié.

■ ***Nicht*** ou ***kein*** se place alors **devant le premier élément du groupe verbal et est accentué**.
- ***Kein*** s'emploie à la place de *nicht* lorsque le groupe verbal est constitué d'un groupe **nominal indéfini**. (En français, on dit : pas de… pas un…).
- ***Kein*** porte les mêmes marques que ***ein*** au singulier et que ***die*** au pluriel.

Remarque
Lorsqu'il s'agit d'une **négation partielle** (je ne veux nier qu'un élément), la négation se place également **devant** l'élément que je nie.
(**Ex. :** *Ich komme nicht morgen, sondern erst am Freitag.*)

Je m'entraîne

1 ★ Avec quelle négation peux-tu nier les groupes verbaux ? Coche dans le tableau.

kein	keine	keinen	nicht	
				1. Fieber haben
				2. einen Computer haben
				3. sehr teuer sein
				4. groß sein
				5. einkaufen gehen
				6. eine Schwester haben
				7. in Berlin wohnen
				8. viel arbeiten

2 ★★ Nie chaque énoncé.

Er erzählt dass er … Er erzählt dass er …

1. Freunde hat. ≠ ....
2. einen Hund hat. ≠ ....
3. lange schläft. ≠ ....
4. Angst hat. ≠ ....
5. Glück hat. ≠ ....

3 ★★★ Donne une réponse négative.

1. Joggst du?
Nein, ...
2. Möchtest du Milch?
Nein, ...
3. Bist du müde?
Nein, ...
4. Hast du ein Motorrad?
Nein, ...
5. Kannst du reiten?
Nein, ...
6. Bist du traurig?
Nein, ...
7. Bist du ein guter Skifahrer?
Nein, ...
8. Hast du Durst?
Nein, ...

Auto évaluation Très bien ☐ Bien ☐ Pas assez bien ☐

31 Les formes du verbe

→ Corrigés p.VII

J'observe et je retiens

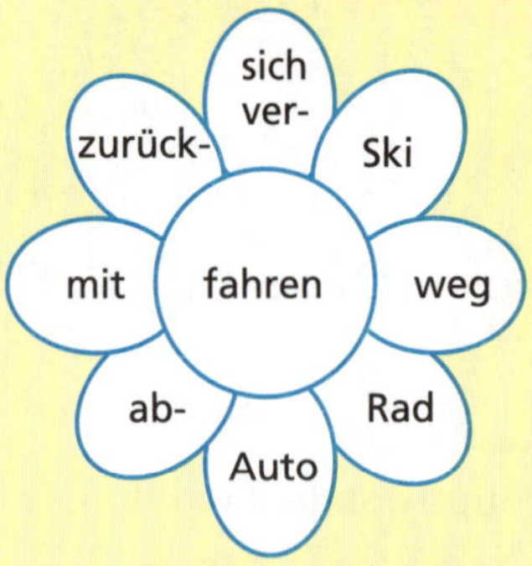

fahren → verbe simple
mit/fahren → verbe avec préverbe
Auto fahren → groupe verbal
déterminant base

Énoncé déclaratif :
Ich ***fahre*** *Auto.*
Ich ***fahre*** *mit.*
❷

Remarque
Seule la base se déplace en seconde position.

■ Le verbe peut se présenter sous plusieurs formes : verbe simple, verbe à préverbe séparable ou inséparable, locution verbale. Le préverbe fait partie du verbe et lui donne son sens.

■ Le **préverbe inséparable** (ex. : *be-*, *er-*, *ge-*, *ver-*) est inaccentué et se déplace en même temps que le verbe. Au parfait, il ne prend pas de *ge-*.

■ Le **préverbe séparable** est accentué. Il reste en fin d'énoncé, comme dans le groupe verbal à l'infinitif. Au parfait, il précède *ge-*.

Je m'entraîne

1 ★ Donne l'infinitif des verbes conjugués.

1. Kommst du mit? ....
2. Mach bitte die Tür zu! ....
3. Wann besuchst du mich?....................................
4. Fährst du gut Ski? ....
5. Ich stehe um sieben Uhr auf. Und du? ....
6. Das Konzert beginnt um 21 Uhr. ....
7. Was ziehst du heute an? ....
8. Du verlierst immer etwas! ....

2 ★★ Conjugue chaque verbe au présent de l'indicatif.

1. verstehen → Ich.......................................
2. anfangen → Ich.......................................
3. zurückkommen → Ich.......................................
4. erzählen → Ich.......................................
5. umziehen → Wir.......................................
6. aufwachen → Wir.......................................
7. ankommen → Wir.......................................

3 ★★★ Transpose l'énoncé déclaratif en subordonnée.

Fais bien attention à la place du verbe conjugué !

1. Sie spielt Tennis.
→ Sie erzählt, dass ....
2. Sie sieht manchmal fern.
→ Sie erzählt, dass ....
3. Sie ruft oft ihre Freundin an.
→ Sie erzählt, dass ....
4. Sie besucht gern ihre Großeltern.
→ Sie erzählt, dass ....
5. Morgen verkleidet sie sich.
→ Sie erzählt, dass ....
6. Sie verliert oft ihre Schlüssel.
→ Sie erzählt, dass ....
7. Nächsten Samstag geht sie aus.
→ Sie erzählt, dass ....

Auto évaluation — Très bien ☐ Bien ☐ Pas assez bien ☐

32 Le présent de l'indicatif

→ Corrigés p.VII

J'observe et je retiens

Verbe à la forme infinitive	Verbe à la forme conjuguée du présent
gehen arbeiten zeichnen	Er *geht* in die sechste Klasse. Er *arbeitet* fleißig. Er *zeichnet* auch sehr gerne.

■ Lorsque l'on conjugue un verbe au présent de l'indicatif, on se réfère au sujet qui peut être un groupe nominal ou simplement un pronom personnel.

Pronoms personnels	ich	du	er/sie/es	wir	ihr	sie/Sie
Terminaisons	-e	-st	-t	-en	-t	-en

Remarque
L'allemand utilise le pronom *Sie* pour la forme de politesse.

■ Pour certains verbes dont le radical se termine par *-t*/*-d* ou *-n*, on ajoute un *-e* intercalaire à la 2e personne du singulier et du pluriel et à la 3e personne du singulier.
Si le radical se termine par *-s*, *-ß*, *-x*, *-z*, la terminaison de la 2e personne du singulier est *-t*.

Attention !
Le *-t* à la fin d'un radical n'est pas la terminaison. Il faut ajouter la marque du présent.
Ex. : *Er arbeit…* Il manque la terminaison *-t* et le *-e* intercalaire qui précède.

Je m'entraîne

1 ★ Complète le tableau.

infinitif	radical	ich	du	er/sie/es	wir	ihr	sie/Sie
fragen							
kaufen							
heißen							
finden							
hören							
antworten							
tanzen							
telefonieren							

2 ★★ Complète en ajoutant un pronom personnel.

1. .... spielt gut Tennis.
2. Was machst .... hier?
3. .... zeichne sehr gern.
4. Woher kommst ....
5. .... schreiben eine Deutscharbeit.
6. .... trinken oft Bier.
7. Lernt .... auch Deutsch?

3 ★★★ Réponds aux questions par l'un des trois pronoms personnels : *ich*, *er*, *wir* et place le verbe en seconde position après l'avoir conjugué.

1. Was macht ihr am Mittwoch? (ins Kino gehen)

Am Mittwoch .... ins Kino.

2. Suchst du ein Haus? (eine Wohnung suchen)

Nein, ... eine Wohnung.

3. Kommt er heute noch? (zu Hause bleiben)

Nein, ... zu Hause.

Auto évaluation — Très bien ☐ Bien ☐ Pas assez bien ☐

GRAMMAIRE

33 Le présent des verbes forts en -*a* et en -*e*

→ Corrigés p.VII

J'observe et je retiens

Beim Frühstück
Laura: Was **isst** du zum Frühstück?
Lisa: Ich **esse** Brot mit Butter oder Marmelade.
Laura: Und ihr beide? Was **esst** ihr denn?
Max und Hannes: Wir **essen** auch Brot. Wir essen aber nicht viel. Unser Bus **fährt** schon um Viertel nach sieben.

■ Au présent de l'indicatif, les verbes forts en -*a* et en -*e* subissent une modification aux **2e et 3e personnes du singulier uniquement** : *a* → *ä* et *e* → *i* (bref) ou *ie* (long). **Les autres formes sont régulières.**

Exemple *Ich fahre, du fährst, er fährt, wir fahren, ihr fahrt, sie fahren*

Remarque
Certaines syllabes longues deviennent brèves à certaines personnes du présent de l'indicatif.
La consonne est donc doublée.
Ex. : *nehmen: ich nehme, du nimmst, er nimmt, wir nehmen, ihr nehmt, sie nehmen.*

Je m'entraîne

1 ★ Établis une liste de verbes forts courants (en -*a* et -*e*) en complétant le tableau.

	infinitif	du	er	ihr
en -*a*			lässt	
		fällst		
			schläft	
		trägst		
				wascht
en -*e*				gebt
		siehst		
	essen			
				helft
			liest	
			trifft	
		sprichst		

2 ★★ Ajoute un pronom personnel devant chaque forme verbale.

1. .... fangt an.
2. .... hilfst.
3. .... vergisst.
4. .... wäscht.
5. .... werft.
6. .... esst.
7. .... fährt Rad.
8. .... fallt.
9. .... nehmt.
10. .... treffen.

3 ★★★ Donne des renseignements sur Johann. Pense à la place du verbe conjugué !

1. Il porte des lunettes. (*eine Brille tragen*)
→ Er ....
2. Il parle très vite. (*sehr schnell sprechen*)
→ Er ....
3. Il aime bien lire des BD. (*gern Comics lesen*)
→ Er ....
4. Il est végétarien. (*vegetarisch essen*)
→ Er ....
5. Il regarde souvent la télévision. (*oft fern/sehen*)
→ Er ....

Auto évaluation Très bien ☐ Bien ☐ Pas assez bien ☐

34 Le présent des auxiliaires et des verbes de modalité

→ Corrigés p.VII

J'observe et je retiens

Les auxiliaires et les verbes de modalité n'ont pas une conjugaison régulière.

	ich	du	er/sie/es	wir	ihr	sie/Sie
sein	bin	bist	ist	sind	seid	sind
haben	habe	hast	hat	haben	habt	haben

	wollen	mögen	können	dürfen	sollen	müssen
	vouloir	aimer	pouvoir		devoir	
	avoir l'intention de	avoir du goût pour qqch	savoir faire	avoir la permission de	sens moral	être obligé de
ich	will	mag	kann	darf	soll	muss
du	willst	magst	kannst	darfst	sollst	musst
er/sie/es	will	mag	kann	darf	soll	muss
wir	wollen	mögen	können	dürfen	sollen	müssen
ihr	wollt	mögt	könnt	dürft	sollt	müsst
sie/Sie	wollen	mögen	können	dürfen	sollen	müssen

Remarques
- Le verbe *mögen* sous la forme ***möchte*** est au subjonctif II (conditionnel) et il exprime un souhait, un désir.
- Il ne faut pas confondre ***können*** (savoir faire quelque chose) avec ***wissen*** (être informé, savoir que).

Je m'entraîne

1 ★ Fais une croix dans la (ou les) bonne(s) case(s).

	Présent de l'indicatif					
	ich	du	er/sie/es	wir	ihr	sie/Sie
1. muss						
2. seid						
3. wollt						
4. kannst						
5. dürfen						
6. müsst						
7. habt						
8. weiß						

2 ★★ Choisis le verbe à la forme qui convient. Entoure ton choix.

1. Meine Nachbarin **mag / mögt / soll / möchtet** unseren Hund nicht.
2. **Darfst / Möchtest / Mögt / Wollt** du noch Kaffee?
3. **Kannst / Muss / Könnt / Müsst** du Snowboard fahren?
4. Wann **habt / soll / hat / sollt** er Ferien?
5. Mir **hat / bin / sein / ist** kalt! Ich brauche einen Pulli.
6. „Hier **können / dürfen / wollen / mögen** Sie nicht parken!" sagt der Polizist.

3 ★★★ Complète par un verbe au présent dans la liste suivante : *haben* – *sein* – *können* – *mögen*.

Heute .... Kira Geburtstag. Sie .... 13. All ihre Freundinnen .... da. Sie .... ein Geschenk für sie. Was .... es sein? Vielleicht ein Schmuck oder Klamotten? Das .... sie sehr! Sie .... ja ein typisches Mädchen!

Auto évaluation Très bien ☐ Bien ☐ Pas assez bien ☐

35 Le prétérit

→ Corrigés p.VII

J'observe et je retiens

Michael: Wann **warst** du das letzte Mal auf Skikurs?
Andreas: Letztes Jahr mit meiner Klasse. Das **war** toll!
Michael: **Hattest** du schönes Wetter?
Andreas: Ja, es **war** nicht zu kalt und meistens sonnig. Zu Mittag **konnten** wir auf den Pisten essen und uns sonnen lassen!

■ Le **prétérit** est un temps simple du passé fréquemment utilisé dans la langue courante avec *sein*, *haben* et les verbes de modalité, ou encore dans les contes et récits. Il correspond au passé simple ou à l'imparfait français.

■ Le prétérit des verbes faibles se forme en ajoutant la marque ***-te*** au radical et les terminaisons de personnes : ***Ø***, ***-st***, ***Ø***, ***-(e)n***, ***-t***, ***(e)n***.

Exemple Ich lern**te** – du lern**test** – er lern**te** – wir lern**ten** – ihr lern**tet** – sie lern**ten**.

■ Pour les verbes forts, la voyelle du radical change ou le radical est modifié.

Exemple ich f<u>u</u>hr – du f<u>u</u>hrst – er f<u>u</u>hr – wir f<u>u</u>hren – ihr f<u>u</u>hrt – sie f<u>u</u>hren

■ L'auxiliaire ***sein*** est irrégulier (*ich war – du warst – er war – wir waren – ihr wart – sie waren*), tandis que l'on retrouve la marque ***-te*** sur ***haben*** et les verbes de modalité (*ich hatte*/*ich sollte*).

Remarque
Les verbes se terminant par *-t* ou *-d* prennent un *-e* intercalaire, comme c'est le cas au présent ! **Ex. :** *Ich arbeitete.*

Je m'entraîne

1 ★ Les phrases sont-elles au présent ou au prétérit ? Coche la bonne case.

	Présent	Prétérit
1. Ich arbeite sechs Stunden ohne Pause.		
2. Sie hatte viel Glück.		
3. Sie erzählte oft dumme Geschichten.		
4. Ihr seid ein bisschen faul!		
5. Wir freuten uns auf Weihnachten!		
6. Sie hatten eine große Familie.		
7. Es waren schöne Tage!		

2 ★★ Barre les pronoms personnels qui ne correspondent pas à la forme verbale conjuguée.

1. Ich / Sie / Ihr lerntet
2. Er / Sie / Ihr wart
3. Ich / Du / Er hatte
4. Ich / Sie / Er wohnte
5. Wir / Ihr / Sie waren
6. Ich / Wir / Sie spielten
7. Wir / Ihr / Sie hatten
8. Ich / Sie / Er war
9. Du / Er / Sie machtest

3 ★★★ Retrouve l'infinitif du verbe souligné et conjugue le verbe au prétérit.

1. Wo <u>bist</u> du denn? ....
2. Was <u>hast</u> du? ....
3. Wo <u>wohnt</u> ihr? ....
4. <u>Ist</u> es sehr weit? ....
5. <u>Sind</u> sie gute Freunde? ....
6. <u>Hat</u> er eine Wohnung oder ein Haus? ....

Auto évaluation — Très bien ☐ Bien ☐ Pas assez bien ☐

36 Le parfait des verbes faibles

→ Corrigés p.VII

J'observe et je retiens

Auf dem Schulhof
– Paul, was **hast** du am Wochenende **gemacht**?
– Das war kein schönes Wochenende! Zuerst **habe** ich für die Schule **gearbeitet** und für die Matheprüfung **habe** ich diesmal viel gelernt. Dann **habe** ich meinen Computer **repariert**, aber es hat leider nicht **funktioniert**. Ich **habe** meinen Papa **gefragt**, aber er **hat** es auch nicht **kapiert**! Stell dir vor! Ohne Computer kann ich nicht leben!

■ Le parfait est un temps composé d'un **auxiliaire**, le plus souvent ***haben***, conjugué au présent et d'un **participe II** (participe passé). Il s'emploie pour décrire une action accomplie ou achevée.

■ Le participe II d'un verbe régulier a toujours la même forme : ***ge* + radical + (-*e*)*t***. Les verbes terminés par ***-ieren*** ne prennent **pas le préfixe *ge-***.

■ L'auxiliaire ***sein*** s'emploie avec les verbes intransitifs exprimant un mouvement, un déplacement ou un changement d'état, ou pour décrire un événement.
Exemple Was *ist* denn *passiert?*

Remarques
- Dans un énoncé déclaratif, le participe II reste en fin de phrase et est séparé de l'auxiliaire placé en seconde position.
- Dans la subordonnée, la place des éléments du groupe verbal n'est pas modifiée.

Je m'entraîne

1 ★ Forme le participe II des verbes à l'infinitif.

1. zahlen: ....
2. träumen: ....
3. glauben: ....
4. suchen: ....
5. kleben: ....
6. schaffen: ....
7. reagieren: ....
8. leben: ....
9. kochen: ....
10. warten: ....

2 ★★ Complète avec un auxiliaire et le participe II du verbe entre parenthèses.

Julias Geburtstag:
Gestern .... ich meinen Geburtstag mit meiner Familie und meiner besten Freundin .... (feiern). Mama .... eine große Torte .... (machen) und sie .... mir einen Ipod .... (schenken). Mein Bruder .... mich mit meiner Freundin .... (fotografieren), und wir .... beide schön .... (lächeln). Ich .... auch mit meinen Schulfreunden .... (telefonieren). Nächsten Montag feiern wir auch in der Schule!

3 ★★★ Transpose le récit de Florian au passé : récris le texte au parfait.

Ich öffne die Tür. Ich höre keinen Lärm. Ich suche meine Katze überall im Haus. Ich gucke auch im Garten. O je! Luzi macht etwas Gefährliches! Sie klettert auf das Dach vom Hochhaus! Ich habe Angst!

....
....
....
....
....
....
....

Auto évaluation Très bien ☐ Bien ☐ Pas assez bien ☐

GRAMMAIRE

37 Le parfait des verbes forts

→ Corrigés p.VIII

J'observe et je retiens

Elena erzählt von ihrem heutigen Shopping!
"Heute **bin** ich in die Stadt **gefahren**. Ich **habe** einen Parkplatz am Rathausplatz **gefunden** und dann **bin** ich zu Fuß **gegangen**. In der Bäckerei **habe** ich Vanessa **getroffen** und im Kaufhof **habe** ich auch meine Cousine Bettina **gesehen**."

■ Le **participe II** d'un verbe fort se reconnaît à sa terminaison en ***-en***. Le radical du verbe est précédé de ***ge-***, mais peut subir un changement de voyelle : ***ge- + radical + -en***.

Attention !
Le participe II d'un verbe fort est irrégulier. I faut donc l'apprendre par cœur ! (Voir liste page 52).

■ La plupart des verbes se conjuguent avec l'auxiliaire ***haben***.

■ Les verbes intransitifs exprimant un déplacement ou un changement d'état, les verbes *sein* (→ *ist gewesen*), *bleiben* (→ *ist geblieben*), *werden* (→ *ist geworden*) se conjuguent avec l'auxiliaire ***sein***.

Je m'entraîne

1 ★ Entoure les verbes forts et indique leur infinitif.

Participe II	getragen	gehabt	gerufen	genommen	gewartet	geworfen	geflogen	geschrien	geholfen
Infinitif									

2 ★★ Choisis dans la liste le verbe qui convient pour compléter les phrases suivantes : ***gelassen*** **–** ***gekommen*** **–** ***gefallen*** **–** ***gerufen*** **–** ***getragen*.**

1. Er hat seinen Koffer ins Schlafzimmer ....
2. Wo habe ich denn mein Portemonnaie ....?
3. Ich bin zu spät .... Der Zug war schon weg.
4. Heute ist viel Schnee ....
5. Hast du schon den Arzt .... , oder soll ich ihn anrufen?

3 ★★★ Complète par les formes du verbe au parfait (auxiliaire + participe II).

1. Zu Weihnachten .... wir nach Rothenburg .... (fahren).
2. Wir .... ein kleines Hotel .... (finden).
3. Die Leute .... sehr gastfreundlich .... (sein).
4. Ich .... die Stadt .... (sehen) und ich .... sehr lange auf dem Weihnachtsmarkt .... (bleiben).
5. Wir .... Glühwein .... (trinken), Weihnachtsplätzchen .... (essen) und ich .... mit einer Verkäuferin Deutsch .... (sprechen).
6. Ich .... auch sehr nette Leute .... (treffen) und sie .... mir ihre Adresse .... (geben). Leider .... ich noch nicht .... (schreiben)!

Auto évaluation Très bien ☐ Bien ☐ Pas assez bien ☐

38 Les verbes à préverbe au parfait

→ Corrigés p.VIII

J'observe et je retiens

Im Unterricht muss die Lehrerin mit einem Schüler schimpfen.
"Warum ***hast*** du nicht ***zugehört***? Ich ***habe*** die Aufgabe schon zweimal ***erklärt***! All deine Mitschüler ***haben*** es ***verstanden***, *weil sie gut* ***aufgepasst haben***!"

- Certains verbes sont précédés d'un préverbe **séparable ou inséparable**.
- Au parfait, la formation du participe II sera différente selon le type de verbe.
Les verbes faibles et forts à **préverbe inséparable** forment leur participe II **sans *ge-***. Il s'agit des verbes commençant par des préfixes inaccentués : ***be-***, ***er-***, ***ge-***, ***ver-***, ***zer-***.
- Lorsqu'il s'agit d'un **verbe à préverbe séparable**, le préverbe précède ***ge-*** dans le participe II (pas comme au présent où il est en fin d'énoncé).

Je m'entraîne

1 ★ Écris dans chaque pétale le participe II du verbe.

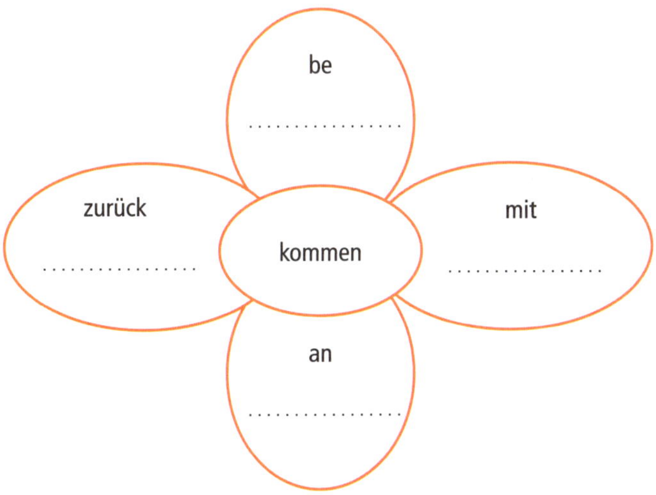

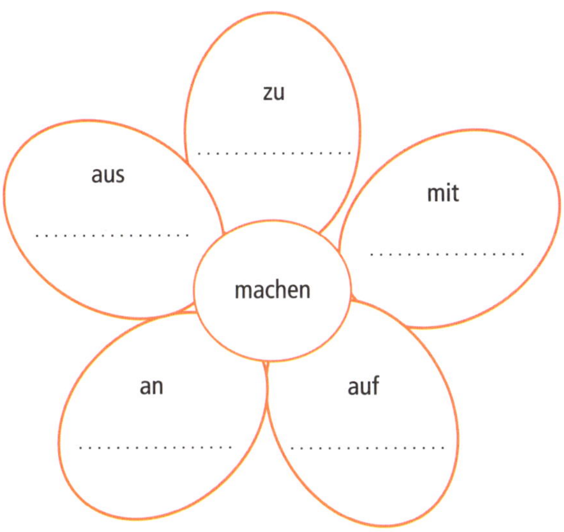

2 ★★ Entoure tous les préverbes séparables dans les participes II.

eingeladen – verloren – mitgespielt – gefallen – erzählt – angerufen – begonnen – versteckt – verkauft – bemerkt – ferngesehen – vergessen – eingekauft – angezogen – zurückgerufen.

3 ★★★ Pose ces questions au passé en utilisant le parfait. Tu peux t'aider de la liste de verbes forts page 52.

> **Conseil**
> Fais bien attention au choix de l'auxiliaire !

1. Um wie viel Uhr stehst du auf?

→ ....

2. Wann fährst du weg?

→ ....

3. Wann beginnt das Konzert?

→ ....

4. Wie lange siehst du fern?

→ ....

5. Was nimmst du für deine Fahrt mit?

→ ....

6. Besuchst du oft deine Großeltern?

→ ....

Auto évaluation Très bien ☐ Bien ☐ Pas assez bien ☐

Verbes forts

INFINITIFS	PRÉSENT	PARFAIT	SENS
abfahren	er fährt ab	er ist abgefahren	*partir*
anfangen	er fängt an	er hat angefangen	*commencer*
ankommen	er kommt an	er ist angekommen	*arriver*
anrufen	er ruft an	er hat angerufen	*appeler (au téléphone)*
anziehen	er zieht an	er hat angezogen	*mettre (un vêtement)*
ausziehen	er zieht aus	er hat ausgezogen	*enlever (un vêtement)*
beginnen	er beginnt	er hat begonnen	*commencer*
bekommen	er bekommt	er hat bekommen	*recevoir*
bleiben	er bleibt	er ist geblieben	*rester*
brechen	er bricht	er hat gebrochen	*casser*
bringen	er bringt	er hat gebracht	*apporter*
denken	er denkt	er hat gedacht	*penser*
einladen	er lädt ein	er hat eingeladen	*inviter*
essen	er isst	er hat gegessen	*manger*
fahren	er fährt	er ist gefahren	*aller en voiture*
fallen	er fällt	er ist gefallen	*tomber*
fernsehen	er sieht fern	er hat ferngesehen	*regarder la télévision*
finden	er findet	er hat gefunden	*trouver*
fliegen	er fliegt	er ist geflogen	*voler, aller en avion*
frieren	es friert	es hat gefroren	*geler*
geben	er gibt	er hat gegeben	*donner*
gefallen	er gefällt	er hat gefallen	*plaire*
gehen	er geht	er ist gegangen	*aller*
gewinnen	er gewinnt	er hat gewonnen	*gagner*
heißen	er heißt	er hat geheißen	*s'appeler*
helfen	er hilft	er hat geholfen	*aider*
kommen	er kommt	er ist gekommen	*venir*
lassen	er lässt	er hat gelassen	*laisser*
laufen	er läuft	er ist gelaufen	*courir*
lesen	er liest	er hat gelesen	*lire*
nehmen	er nimmt	er hat genommen	*prendre*
reiten	er reitet	er ist geritten	*monter à cheval*
rufen	er ruft	er hat gerufen	*appeler*
schlafen	er schläft	er hat geschlafen	*dormir*
schreiben	er schreibt	er hat geschrieben	*écrire*
schreien	er schreit	er hat geschrien	*crier*
schwimmen	er schwimmt	er ist geschwommen	*nager*
sehen	er sieht	er hat gesehen	*voir*
sein	er ist	er ist gewesen	*être*
singen	er singt	er hat gesungen	*chanter*
sprechen	er spricht	er hat gesprochen	*parler*
springen	er springt	er ist gesprungen	*sauter*
tragen	er trägt	er hat getragen	*porter*
treffen	er trifft	er hat getroffen	*rencontrer*
trinken	er trinkt	er hat getrunken	*boire*
vergessen	er vergisst	er hat vergessen	*oublier*
verlieren	er verliert	er hat verloren	*perdre*
waschen	er wäscht	er hat gewaschen	*laver*
werfen	er wirft	er hat geworfen	*lancer*

Lexique

La traduction indiquée correspond au sens des mots rencontrés dans les exercices.

A

ab/fahren (er fährt ab): démarrer, partir
die Abfahrt: le départ (train)
abgetragen: usé (vêtement)
die Abschlußfeier: la fête pour la fin des études
die Adresse (-n): l'adresse
der Adventskalender (-): le calendrier de l'Avent
der Adventskranz (¨-e): la couronne de l'Avent
allein(e): tout seul
die Allergie (-n): l'allergie
der Alltag: le quotidien
alt: âgé (de)
an/fangen (er fängt an): commencer
an/haben: porter (un vêtement)
an/kommen: arriver
an/machen: allumer
an/probieren: essayer (un vêtement)
an/rufen: téléphoner à qqn
an/ziehen: mettre (un vêtement)
sich an/ziehen: s'habiller
die anderen: les autres
die Angst: la peur
das Anmeldeformular (-e): le formulaire d'inscription
antworten: répondre
der Anzug (¨-e): le costume
der Apfel (¨): la pomme
der Apfelsaft: le jus de pommes
die Apotheke: la pharmacie
der Apotheker (-): le pharmacien
(der) April: avril
arbeiten: travailler
auf/essen: tout manger, terminer de manger
auf/machen: ouvrir
auf/passen: faire attention
auf/stehen: se lever
auf/wachen: se réveiller
(der) August: août
aus (die Schule ist aus): la classe est finie
aus/gehen: sortir
das Auto (-s): la voiture
der Autoschlüssel (-): la clé de voiture

B

backen: faire un gâteau
der Bäcker (-): le boulanger
die Bäckerei (-en): la boulangerie
baden: se baigner, prendre un bain
das Badezimmer (das Bad): la salle de bains
der Bahnhof (¨-e): la gare
bald: bientôt
die Bank: la banque
die Batterie (-n): la recharge, la pile
sich beeilen: se dépêcher
beginnen: commencer
bekommen: recevoir
bemerken: remarquer
bestellen: commander
der Besuch (Besuch haben): la visite/ avoir de la visite
besuchen: rendre visite
das Bett (-en): le lit
ins Bett gehen: aller au lit
das Bier (-e): la bière
das Bild (-er): le tableau, l'image, la photo
billig: bon marché, pas cher
der Bioladen (¨): magasin de produits biologiques ou naturels
ein bisschen: un peu
blau: bleu
bleiben: rester
der Bleistift (-e): le crayon
blöd: idiot, bête
das/der Blouson (-s): le blouson
das Blumengeschäft (-e): le magasin de fleurs
der Blumenladen (¨): la boutique de fleurs
die Bluse (-n): le chemisier
das Boot (-e): le bâteau
brauchen: avoir besoin de
der Brief (-e): la lettre
der Briefkasten (¨): la boîte aux lettres
der Briefträger (-): le facteur
die Briefträgerin (-nen): la factrice
die Brille: les lunettes
das Brot (-e): le pain
das Brötchen (-): le petit pain
der Bruder (¨): le frère
das Buch (¨-er): le livre
die Buchhandlung (-en): la librairie
bummeln: flâner
der Bus (-se): l'autobus
die Butter: le beurre

C

die CD (-s): le CD
der CD-Player (-): le lecteur de CD
die Comics: la bande dessinée
der Computer (-): l'ordinateur
das Computerspiel (-e): le jeu vidéo

D

das Dach (¨-er): le toit
der Dachboden: le grenier
dass: que
dauern: durer
denken: penser
Deutsch : le cours d'allemand, allemand
der Deutschlehrer (-): le professeur d'allemand
(der) Dezember: décembre
dick: gros
die Diele: l'entrée
(der) Dienstag: mardi
dieser, diese, dieses: ce, cet, cette
(der) Donnerstag: jeudi
das Dorf (¨-er): le village
dort: là-bas
dran (ich bin dran): c'est mon tour
draußen: dehors
der Drogeriemarkt (¨-e): la droguerie-parfumerie
dumm: bête
dürfen: pouvoir, avoir la permission de
der Durst: la soif
duschen: prendre sa douche

E

das Ei (-er): l'œuf
ein/kaufen: faire ses courses
ein/laden: inviter
ein/schlafen: s'endormir
der Eingang: l'entrée
die Einkaufsliste (-n): la liste de courses
einverstanden sein: être d'accord
das Eis: la glace
die Eltern: les parents
der Elysee-Vertrag: le traité de l'Élysée (22 janvier 1963)
empfehlen: recommander, conseiller
Englisch: cours d'anglais
Erdkunde: cours de géographie
erklären: expliquer
erzählen (von): parler (de)
essen (er isst): manger
das Esszimmer (-): la salle à manger
das Etui (-s): la trousse

F

das Fach (¨-er): la matière
das Fahrrad (¨-er): la bicyclette
fallen (er fällt): tomber
die Falte (-n): la ride
die Familie (-en): la famille
die Farbe (-n): la couleur
der Fasching: le carnaval (Bavière/ Autriche)
faul: paresseux
faulenzen: se reposer, ne rien faire
(der) Februar: février
das Federmäppchen (-): la trousse
fehlen: manquer, être absent
feiern: fêter
das Fenster (-): la fenêtre
die Ferien: les vacances
fern/sehen: regarder la télévision
die Fernbedienung: la télécommande
der Fernseher (-): le téléviseur
fertig: terminé, prêt
fertig machen: terminer de faire qqch
das Fest (-e): la fête
das Fieber: la fièvre
der Film (-e): le film
der Filzstift (-e): le crayon feutre
finden: trouver

die Flasche (-n): la bouteille
das Fleisch: la viande
fleißig: appliqué
fliegen: aller en avion
Flöte spielen: jouer de la flûte
das Foto (-s): la photo
das Fotoalbum (-ben): l'album photos
der Fotoapparat (-e): l'appareil photo
die Frage (-n): la question
fragen: demander, questionner (qq)
sich fragen: se demander
Französisch: français, cours de français
(der) Freitag: vendredi
die Freizeit: les loisirs, le temps libre
die Freude (-n): la joie
sich freuen: se réjouir
der Freund (-e): l'ami
die Freundin (-nen): l'amie
frisch: frais
der Friseur (-e): le coiffeur
die Friseuse (-n): la coiffeuse
froh: joyeux
die Fruchttorte (-n): le gâteau aux fruits
früh auf/stehen: se lever tôt
das Frühstück (-e): le petit déjeuner
frühstücken: prendre son petit déjeuner
sich fühlen: se sentir
zu Fuß gehen: aller à pied
Fußball spielen: jouer au foot
die Fußgängerzone (-n): la zone piétonne

G

die Gabel (-n): la fourchette
ganz: entier
die Garage: le garage
die Garagentür (-en): la porte de garage
der Garten: le jardin
gastfreundlich: accueillant
die Gastgeberin: l'hôte (d'accueil)
geben (er gibt): donner
der Geburtstag: l'anniversaire
das Geburtstagsgeschenk (-e): le cadeau d'anniversaire
die Geburtstagstorte (-n): le gâteau d'anniversaire
das Geburtstagsfest: la fête pour un anniversaire
gefallen (+ dat.) (es gefällt mir): plaire (à), cela me plaît
gegen (+ acc.): contre
gehen: aller
gehören (+ dat.): appartenir à
gelb: jaune
der Geldautomat (-en): le distributeur de billets
das Gemüse: les légumes
der Gemüse- und Obstladen: la boutique de fruits et légumes
die Gemüsesuppe: la soupe de légumes
gern spielen: aimer jouer à
das Geschäft (-e): le magasin
das Geschenk (-e): le cadeau
Geschichte: le cours d'histoire
die Geschichte (-n): l'histoire
die Geschwister: les frères et sœurs
gestern: hier
gesund: sain, en bonne santé
das Getränk (-e): la boisson
das Glas (¨-er): le verre
glauben: croire
gleich: tout de suite
das Glück: la chance
der Glühwein: le vin chaud
gratulieren: féliciter
grau: gris
die Größe (-n): la taille
die Großeltern: les grands-parents
die Großmutter (¨): la grand-mère
die Großstadt (¨-e): la grande ville
der Großvater (¨): le grand-père
grün: vert
grüßen: saluer
günstig: intéressant (prix)
Guten Appetit!: Bon appétit !
das Gymnasium (-sien): le collège + lycée (classes 5 à 12 et demi ou 13)

H

die Hand (¨-e): la main
die Handtasche (-n): le sac à main
das Handy (-s): le portable
das Hauptgericht (-e): le plat principal
die Hauptspeise: le plat principal
das Haus (¨-er): la maison
zu Hause : à la maison (locatif)
die Hausfrau (-en): la maîtresse de maison
der Hausschlüssel (-): la clé de la maison
der Hausschuh (-e): la pantoufle
das Haustier (-e): l'animal domestique
das Heft (-e): le cahier
der Heiligabend: la veillée du 24 décembre
heißen: s'appeler
helfen (+ dat.) (er hilft): aider
das Hemd (-en): la chemise
der Herd: la gazinière/le four
herrlich: superbe
heute: aujourd'hui
heute Nachmittag: cet après-midi
Hietzing: nom d'une banlieue de Vienne
hin/schauen: regarder, jeter un coup d'œil
das Hobby (-s): l'occupation, les loisirs
die Hochzeit: le mariage
der Hof: la cour
hoffen: espérer
höflich: poli
holen: aller chercher
der Honig: le miel
hören: entendre
das Hotel (-s): l'hôtel
hübsch: joli
der Hund (-e): le chien
der Hunger: la faim
der Hut (¨-e): le chapeau

I

immer: toujours, généralement
Inline-Skater fahren: faire du roller
sich interessieren (für + acc.): s'intéresser (à)

J

die Jacke (-n): la veste
(der) Januar: janvier
die Jeans (pluriel): le jean
jeder, jede, jedes: chaque
joggen: faire du jogging, courir
der Jugendliche (-n): le jeune
(der) Juli: juillet
der Junge (-n): le garçon
(der) Juni: juin

K

der Kaffee: le café (la boisson)
die Kaffeemaschine (-n): la cafetière électrique
der Kakao: le chocolat (la boisson)
kalt: froid
der Karneval: le carnaval
die Karte (-n): la carte
Karten spielen: jouer aux cartes
die Kartoffel (-n): la pomme de terre
der Käse: le fromage
die Kasse: la caisse
der Kassenzettel (-): le ticket de caisse
die Katze (-n): le chat
kaufen: acheter
das Kaufhaus (¨-er): le grand magasin
der Kaufhof: nom d'un grand magasin
kennen: connaître
die Kerze (-n): la bougie
das Kind (-er): l'enfant
das Kino (-s): le cinéma
ins Kino gehen: aller au cinéma
die Kirche (-n): l'église
Klavier spielen: jouer du piano
kleben: coller
das Kleid (-er): la robe
der Kleiderschrank (¨-e): l'armoire à vêtements
klingeln: sonner (le réveil)
klopfen: frapper (à la porte)
klug: intelligent
die Kneipe (-n): le bistrot
kochen: faire la cuisine
der Koffer (-): la valise
die Konditorei (-en): la pâtisserie
können: savoir (faire qqch)
die Konservierungsmittel: les conservateurs
das Konzert (-e): le concert
die Kopfschmerzen: les maux de tête
kosten: coûter
die Krawatte (-n): la cravate
kriegen: recevoir (familier)
die Krippe: la crèche
der Krug (¨-e): la chope (de bière)
die Küche (-n): la cuisine
der Kugelschreiber (-)/der Kuli (-s): le stylo à bille
der Kühlschrank (¨-e): le réfrigérateur
der Kunde (-n): le client
die Kundin (-nen): la cliente
Kunst: cours d'arts plastiques

die Kunstmappe (-n): la pochette à dessin
kurz: court

L

lachen: rire
auf dem Land: à la campagne
lange: longtemps
lassen (er lässt): laisser
laufen (er läuft): courir
laut: bruyant
leben: vivre
das Lebensmittelgeschäft (-e): le magasin d'alimentation
lecker: appétissant
leer: vide
sich legen: s'allonger
der Lehrer (-): le professeur
die Lehrerin (-nen): le professeur (femme)
lernen: apprendre
lesen (er liest): lire
der Letzte: le dernier
die Leute: les gens
lieber haben: préférer
das Lieblingsfach (¨-er): la matière préférée
die Lieblingsfarbe (-n): la couleur préférée
die Lieblingsspeise (-n) : le plat préféré
der Lieblingssport: le sport préféré
lila: violet, mauve
das Lineal (-e): la règle
die Liste (-n): la liste
das Loch (¨-er): le trou
der Löffel (-): la cuillère
das Lokal (-e): le café
die Lust (Hast du Lust?): l'envie (As-tu envie ?)
lustig: amusant

M

machen: faire
das Mädchen (-): la fille
(der) Mai: mai
manchmal: quelquefois
der Mantel (¨): le manteau
das Mäppchen (-): la trousse
die Mappe (-n): la pochette, la chemise (pour les feuilles)
der Markt (¨-e): le marché
die Marmelade: la confiture
der Martinstag: la fête de St Martin
(der) März: mars
Mathe: cours de maths
das Medikament (-e): le médicament
die Medizin: le médicament, la médecine
die Mehlspeise (-n): le dessert (en Autriche)
sich melden: donner de ses nouvelles, participer
der Metzger (-): le boucher
die Metzgerei (-en): la boucherie-charcuterie
die Mikrowelle: le four à micro-ondes
die Milch: le lait
das Mineralwasser: l'eau minérale
mit/fahren (er fährt mit): accompagner (qqn) en voiture
mit/kommen: accompagner
mit/spielen: jouer avec
das Mittagessen (-): le déjeuner
(der) Mittwoch: mercredi
das Modegeschäft (-e): le magasin de mode
mögen: aimer bien (qqch)
(der) Montag: lundi
morgen: demain
das Motorrad (¨-er): la moto
müde: fatigué
das Museum (Museen): le musée
Musik hören: écouter de la musique
müssen: devoir, être obligé de
die Mutter (¨): la mère
die Mütze (-n): le bonnet, le béret

N

nach (+ dat.): après
der Nachbar (-n): le voisin
die Nachbarin (-nen): la voisine
nachher: plus tard, après
die Nachspeise (-n): le dessert
nächste Woche: la semaine prochaine
nächsten Sommer: l'été prochain
der Nachtisch (-e): le dessert
der Name (-n): le nom
der Nationalfeiertag: la fête nationale
natürlich: bien sûr, naturellement
neben: à côté de
nehmen (er nimmt): prendre
nett: sympathique
neu: nouveau
das Neujahr: le Nouvel An
nichts: rien
nie: jamais
(der) November: novembre

O

ob: si
oben: en haut
das Obst: les fruits
offen: ouvert
oft: souvent
ohne (+ acc.): sans
(der) Oktober: octobre
das Oktoberfest: la fête de la bière (à Munich, fin septembre)
der Onkel (-): l'oncle
der Orangensaft: le jus d'orange
Ostern: Pâques

P

das Paket (-e): le paquet
das Parfüm: le parfum
parken: stationner
die Party (-s): la fête/la boum
der Parktplatz (¨-e): la place de parking
die Pause (-n): la récréation
das Pech: la malchance
das Pferd (-e): le cheval
das Plüschtier (-e): la peluche
der Polizist (-en): le policier
das Portemonnaie (-s): le porte-monnaie
die Post: la poste
der Postangestellte (-n): l'employé de la poste
das Problem (-e): le problème
das Programm (-e): le programme
der Pudding: le flan
der Pulli (-s): le pull
pünktlich: à l'heure, ponctuel
sich putzen (die Zähne): se brosser (les dents)

R

Rad/fahren: faire du vélo
der Radiergummi (-s): la gomme
der Rasen: la pelouse
raten: deviner
das Regal (-e): l'étagère
der Regenschirm (-e): le parapluie
reich: riche
die Reise (-n): le voyage
reiten: faire de l'équitation
Religion: cours d'instruction religieuse
das Rezept (-e): la recette (de cuisine)
der Rock (¨-e): la jupe
das Rockkonzert (-e): le concert de rock
rosa: rose
rot: rouge
der Rucksack (¨-e): le sac à dos
die Ruhe: le calme

S

sagen: dire
die Salami: le salami
(der) Samstag: samedi
satt: rassasié
Schach spielen: jouer aux échecs
die Schachtel (-n): la boîte
schaffen: arriver (à faire qqch)
die Scheibe (-n): la tranche
die Schere: les ciseaux
schick: chic
schlafen (er schläft): dormir
das Schlafzimmer (-): la chambre
der Schlüssel (-): la clé
der Schlußverkauf: les soldes
schmecken (es schmeckt gut): être bon au goût
schmücken: décorer
das Schmuckstück (-e): le bijou
schmutzig: sale
der Schnee: la neige
schnell: vite, rapide
die Schokolade: le chocolat
schreiben: écrire
der Schreibtisch (-e): le bureau
das Schreibwarengeschäft (-e): la papeterie
schreien: crier
der Schuh (-e): la chaussure
das Schuhgeschäft (-e): le magasin de chaussures
der Schulleiter (-): le directeur d'école

die Schule (-n): l'école
der Schüler (-): l'élève
die Schülerin (-nen): l'élève (fille)
die Schulsachen: les affaires de classe
die Schultasche (-n): le cartable
schwarz: noir
das Schwarzbrot (-e): le pain noir
der Schwarztee: le thé
die Schweiz: la Suisse
die Schwester (-n): la sœur
schwimmen: nager
sehen (er sieht): voir
sehr: très
(der) September: septembre
der Sessel (-): le fauteuil
sich setzen: s'asseoir
sicher: sûr, certainement
singen: chanter
der Skifahrer (-): le skieur
der Skiurlaub: les sports d'hiver
Snowboard fahren: faire du snowboard
die Socke (-n): la chaussette
sollen: devoir (sens moral)
der Sommer: l'été
die Sommerferien: les vacances d'été
(der) Sonntag: dimanche
die Sorge (-n): le souci
Spaß haben: s'amuser
spazieren gehen: aller se promener
das Spiel (-e): le jeu
spielen: jouer
der Sport (-arten): le sport
Sport treiben: pratiquer un sport
der Sportlehrer (-): le professeur de sport
sprechen (er spricht): parler
das Spülbecken (-): l'évier
die Stadt (¨e): la ville
in die Stadt gehen: aller en ville
der Stadtplan (¨e): le plan de la ville
der Stand (¨e): le stand
stehen: être debout
es steht dir gut: cela te va bien
der Stern (-e): l'étoile
der Stiefel (-): la botte
es stimmt: c'est juste
der Stock (-werke): l'étage
stören: déranger
die Straßenbahn (-en): le tramway
streng: sévère
das Stück (-e): le morceau
studieren: étudier
der Stuhl (¨e): la chaise
die Stunde (-n): l'heure, l'heure de cours (45 min.)
der Stundenplan: l'emploi du temps
suchen: chercher
die Suppe (-n): la soupe
der Suppenteller (-): l'assiette à soupe
süß: sucré

T

der Tabakladen (¨): la boutique de tabac et journaux
die Tablette (-n): le médicament, le comprimé
die Tafel (-n): le tableau
der Tag (-e): le jour
die Tageszeitung (-en): le quotidien (journal)
die Tante (-n): la tante
tanzen: danser
die Tanzstunde (-n): le cours de danse
das Taschengeld: l'argent de poche
die Tasse (-n): la tasse
der Tee: le thé, la tisane
telefonieren (mit): téléphoner (à)
die Telefonnummer (-): le numéro de téléphone
der Teller (-): l'assiette
Tennis spielen: jouer au tennis
der Termin (-e): le rendez-vous (chez le médecin)
teuer: cher
das Theater (-): le théâtre
das Tier (-e): l'animal
der Tisch (-e): la table
der Toaster (-): le grille-pain
toll: super
die Torte (-n): le gâteau
tragen (er trägt): porter
träumen: rêver
traurig: triste
sich treffen: se donner rendez-vous, se retrouver
treffen (er trifft): rencontrer
trinken: boire
das T-Shirt (-s): le tee-shirt

U

die U-Bahn (-en): le métro
sich um/ziehen: se changer
die Umkleidekabine (-n): la cabine d'essayage
der Unfall (¨e): l'accident
die Universität (-en)/die Uni: l'université
unten: en bas

V

der Vater (¨): le père
sich verfahren: se tromper de route
vergessen (er vergisst): oublier
verkaufen: vendre
der Verkäufer (-): le vendeur
die Verkäuferin (-nen): la vendeuse
sich verkleiden: se déguiser
verlieren (hat verloren): perdre
verstecken: cacher, dissimuler
sich verstehen (gut): (bien) s'entendre
verstehen (ich habe verstanden): comprendre
die Verwandten: la famille
vielleicht: peut-être
vor: avant, devant
vorgestern: avant-hier
der Vorname (-n): le prénom
vorsichtig: prudent

W

der Wagen (-): la voiture
wahnsinnig: terriblement
warten auf (+ acc.): attendre
waschen (er wäscht): laver
der Wecker (-): le réveil
der Weg (-e): le chemin
weg sein: être parti
weg/fahren: partir
das Weihnachtsgeschenk (-e): le cadeau de Noël
Weihnachten: Noël
der Weihnachtsbaum (¨e): le sapin de Noël
das Weihnachtsfest: la fête de Noël
das Weihnachtslied (-er): le chant de Noël
der Weihnachtsmarkt (¨e): le marché de Noël
die Weihnachtsplätzchen: les biscuits de Noël
weil: parce que
der Wein (-e): le vin
weiß: blanc
weit: loin
weiter/schlafen: continuer à dormir
welcher, welche, welches: quel/quelle
wenig: peu
werfen (er wirft) : lancer
das Wetter: le temps (météo)
wieder : de nouveau
wiederholen: répéter
das Wienerwürstchen (-): la saucisse de Vienne
der Wind: le vent
wirklich: vraiment
wissen: savoir (que)
der Wohnblock: l'immeuble
wohnen: habiter
das Wohnhaus (¨er): l'immeuble
die Wohnung (-en): l'appartement
das Wohnzimmer (-): la salle de séjour
wollen: vouloir, avoir l'intention de
das Wort (¨er): le mot
wünschen: souhaiter
das Würstchen (-): la saucisse
die Wurst (¨e): le saucisson, la charcuterie, la saucisse

Z

die Zahl (-en): le nombre
zählen: compter
zahlen (bezahlen): payer
der Zahn (¨e): la dent
der Zahnarzt (¨e): le dentiste
zeichnen: dessiner
zeigen: montrer
die Zeit: le temps (qui passe)
das Zeugnis (-se): le bulletin de notes
zu/hören: écouter
zu/machen: fermer
zuerst: d'abord
zufrieden sein: être satisfait
der Zug (¨e): le train
zurück sein: être de retour
zurück/fahren: rentrer, revenir chez soi
zusammen: ensemble
zwischen: entre

FABRIQUÉ EN FRANCE
Achevé d'imprimer en novembre 2022 par l'imprimerie Aubin en France
Dépôt légal : janvier 2023 – N° éditeur : MAGSI20220390
IMPRIM'VERT Votre imprimeur agit pour l'environnement
PEFC 10-31-1601 Certifié PEFC pefc-france.org